Inka Loreen Minden   Mona Hanke

Kinky Munich

und andere verruchte Storys

Bibliografische Information der Deutschen Nationalbibliothek
Die Deutsche Nationalbibliothek verzeichnet diese Publikation in der Deutschen Nationalbibliografie; detaillierte bibliografische Daten sind im Internet über http://dnb.d-nb.de abrufbar.

Kinky Munich

- erotische Geschichten -

©opyright Inka Loreen Minden aka Mona Hanke 2013
www.inka-loreen-minden.de

ISBN-13: 978-3-7322-3044-0

Frontcover: © jdesign.at
Herzen: © Dmitri Stalnuhhin – Fotolia.com
Skyline: © Stenzel Washington - Fotolia.com
Autorenfoto: © Guido Karp 2011 – p41d.com

Herstellung und Verlag:
BoD – Books on Demand, Norderstedt

Dieser Roman hätte im normalen Taschenbuchformat 200 Seiten.

Alle Rechte vorbehalten. Ein Nachdruck oder eine andere Verwertung ist nur mit schriftlicher Genehmigung der Autorin gestattet.

Erfundene Personen können darauf verzichten, aber im realen Leben gilt: Safer Sex!

Inhaltsverzeichnis

Hot Shot..5

Verteufelte Lust..32

Ins Herz gestohlen..98

Nymphenspiele...109

Der frivole Pirat...120

Über die Autorin:..128

Hot Shot

»Halte die Gerte an seine Hoden. Ja, so ist es prima, Vanessa!« Angélique drückte auf den Auslöser der Kamera und schoss mehrere Bilder.

Das orangefarbene Licht der Abendsonne, das durch das Glas des Gewächshauses schien, sorgte für eine unglaubliche Stimmung. Die Pflanzenvielfalt im Palmenhaus des Botanischen Gartens war bemerkenswert, genau wie die Architektur der riesigen Halle. Das größte der Schaugewächshäuser war 16 Meter breit und besaß eine gewaltige Kuppel in 21 Metern Höhe. Wegen des warmen, aber angenehmen Klimas und den verschiedenen Palmenarten, die teilweise bis zur Decke ragten, fühlte man sich fast wie im Dschungel. Für Besucher war die Halle bereits geschlossen. Angélique hatte Ruhe und konnte sich mit den Aufnahmen Zeit lassen.

Auf allen vieren kniete ein nackter Mann auf der Erde, dessen Hände an den Gelenken zusammengebunden waren. Er streckte der Frau, die mit einer Gerte hinter ihm hockte, seinen mit Striemen gezeichneten Po entgegen. Die Male waren geschminkt, denn echte Striemen verblassten zu schnell. Die weiche Klatsche aus Leder, die sich an der Spitze der Gerte befand, würde auch keine so hübschen Streifen produzieren.

Seine Herrin Vanessa, eine attraktive Brünette Mitte dreißig, trug Armeekleidung – einen Overall in Tarnfarben – und schwere Einsatzstiefel. Wie eine Soldatin oder Guerillakriegerin. Das blieb der Fantasie der Betrachter überlassen.

Angélique schoss, ganz in ihrem Element, ein Bild nach dem anderen. »Jetzt drück die Gerte auf seinen Rücken, Vanessa. Greif ihm ans Kinn, als würdest du ihn zwingen, dich anzusehen!«

Der gut gebaute Mann – Hendrik – war Vanessas Lebensgefährte. Angélique hatte die beiden schon öfter vor der Kamera gehabt. Besonders Hendriks muskulöse Gestalt hatte es ihr angetan. Sie stand im Gegensatz zu seiner Unterwürfigkeit. Mit seinem kurzen Haar, dem kantigen Gesicht und dem Sixpack gab er auch einen leckeren Krieger ab. Für den vorletzten Bildband mit dem Titel »Warriors« hatte sie ihn im Kakteenhaus – einer nachgebauten amerikanischen Halbwüste – im Lendenschurz abgelichtet. Hier, im Botanischen Garten, fand sie zahlreiche Kulissen für ihre Projekte.

»Drück deinen Po noch ein wenig raus, Hendrik. Ja, bleib so!« Sie grinste. »Und jetzt den Hundeblick, bitte.«

Angela Küster, wie Angelique mit bürgerlichem Namen hieß, war Fotografin aus Leidenschaft und mittlerweile eine bekannte Größe der BDSM-Szene. Ihre Fotokalender und Bildbände mit erotischen Motiven erfreuten sich wachsender Beliebtheit. Auch für ihr neustes Projekt – ein Album mit dem Titel »Ropebunnies« – hatte sie sich Models aus der Szene geholt. Viele kannten Angélique persönlich, andere erfuhren von ihr durch Hörensagen und bewarben sich über ihre Homepage bei ihr. Sie konnte den Modellen nicht viel zahlen, aber den Meisten reichte es, einfach dabei zu sein.

Als Angie begann, sich für BDSM zu interessieren, hatte sie auch den Weg zur Fotografie gefunden. Bei einem Bondage-Workshop vor zwei Jahren war sie Jerome begegnet, einem großartigen Künstler. Er hatte ihr so viel beigebracht. Bei ihm hatte sie mehr gelernt als bloß das Fotografieren.

»Hendrik, heb deinen Kopf und streck den Rücken durch.« Angélique stöckelte auf dem gepflasterten Weg nach links und schoss ein Bild von vorne, direkt zwischen zwei Büschen hindurch. Der Kerl sah so heiß aus, dass ihr unter der weinroten Korsage und dem Lederrock nicht nur wegen des Klimas in dem Haus warm wurde. Auch während der Arbeit trug sie High-Heels, halterlose Strümpfe und ein sexy Outfit. Ihr kurzes schwarzes Haar hatte sie mit Gel wild »in Form« gebracht und sich düster geschminkt: grauer Lidschatten, viel schwarzer Kajal und dunkelroter Lippenstift. Ihr Aussehen war ihr Markenzeichen, genau wie ihr Künstlername. Nur ihre engsten Freunde nannten sie Angie.

Hendriks Blick war verklärt. Seine Partnerin ließ die Gerte über sein Gesäß gleiten, zwischen seine Beine, hob damit die prallen Hoden an und rieb die Klatsche über den Schaft. Hendriks Erregung war nicht zu übersehen. Er genoss das Spiel, die Unterwerfung und den Voyeurismus. Seine Lider flatterten; er atmete hektisch. Angie wusste, wie er sich fühlte, und wünschte sich an seine Stelle. Sie vermisste eine feste Beziehung, einen Spielpartner ... ihren Meister.

Während sie die beiden in allen möglichen Stellungen knipste – »Vanessa, stell mal deinen Fuß auf seinen Rücken« –, musste sie an die Postkarte denken, die vor fünf Tagen in ihrem Briefkasten gelegen hatte. Seitdem bewahrte Angie sie in ihrer Handtasche auf, um sie immer dabeizuhaben. Unscheinbar war sie und zeigte ein Foto der Rocky Mountains während eines Sonnenunterganges. Nur ein einziger Satz stand darauf geschrieben: »Bald kommt eine Überraschung.«

Sie würde Jeromes geschwungene Handschrift immer erkennen. Doch was meinte er mit Überraschung? Und warum rief er sie nicht an?

Sie versuchte, die privaten Gedanken zu verdrängen, und konzentrierte sich wieder aufs Shooting. Der Bildband sollte schließlich ihr bisher bester werden! Angie wollte die Leidenschaft der Tops und Ropebunnies durch ihre Bondagebilder bewahren und die Ästhetik, die durch die kunstvolle Fesselung entstand.

Wie hingebungsvoll Hendrik zu Vanessa aufsah – perfekt! Schnell drückte sie auf den Auslöser und hielt die Gefühle der beiden auf den Fotos fest.

Tiefe Zuneigung und Vertrauen waren bei BDSM Grundvoraussetzungen. Deshalb waren diese Beziehungen oft intensiver.

Ihr Herz wurde schwer. Irgendwann wollte sie das auch wieder erleben. Jemanden zu haben, mit dem sie all das teilen konnte, ihren Beruf und ihr Privatleben.

Manchmal ergaben sich bei ihrer Arbeit sexuelle Kontakte. Letzte Woche hatte sie einen jungen Mann zu sich nach Hause genommen, den sie zuvor ans Geländer der Aussichtsplattform des Olympiaturms gekettet hatte. Chris hatte Höhenangst gelitten und Angie diesen leidvollen Blick eingefangen, seine Furcht, die Panik.

Sie war keine Barbarin. Nur eine passionierte Fotografin. Ihr höchstes Anliegen war es, Emotionen festzuhalten. Wohl eine der schwierigsten Herausforderungen. Viele ihrer Kollegen bearbeiteten ihre Aufnahmen, um die Gesichtsausdrücke zu verstärken. Nicht Angélique. Bei ihr war alles echt.

Sie hatte nur keine echte Beziehung.

Eigentlich sollte sie glücklich sein. Sie lebte ihren Traum, den sie sich hart erkämpft hatte. Mittlerweile konnte sie von ihrem Job den Unterhalt bestreiten und musste nicht mehr für die Zeitung jobben. Nur den Mann, dem sie den Grundstein ihrer Karriere verdankte, vermisste sie höllisch.

Vor drei Monaten hatten Jerome und sie sich getrennt, weil er einen Auftrag in Amerika annahm. Ihr ehemaliger Meister tourte mit einer berühmten Band durchs Land, um selbst einen Bildband zu produzieren. Er hatte ihr gesagt, es wäre besser, sie würden in der Zeit jeder ihrem eigenen Leben nachgehen, denn er konnte ihr nicht versprechen, während der langen Reise treu zu sein und wollte das auch nicht von ihr verlangen.

Hätte er es doch! Sie wäre ihm treu gewesen, hätte sich nur befriedigt, wenn er es ihr erlaubt hätte. Ihr Meister hätte ihr E-Mails oder SMS mit seinen Befehlen schicken können. Sie hätte sie befolgt und wäre zufrieden gewesen. Stattdessen kam diese ominöse Karte. Was war diese geheimnisvolle Überraschung?

Angie hatte keine Ahnung, wann er zurückkam und ob er überhaupt zurückkam. Falls ja – würde es dann mit ihnen weitergehen? Sie wusste es nicht. Also reagierte sie sich mit ihrer Arbeit und an ein paar süßen Statisten ab. Immerhin war sie eine Frau mit Sehnsüchten und keine gefühllose Gummipuppe.

Innerlich seufzend schoss sie weitere Bilder. Vanessa und Hendrik schienen sie kaum zu bemerken, konzentrierten sich völlig auf ihr Tun. Aber es wurde Zeit, den Mann richtig zu fesseln, nach der Kunst des Shibari. Nicht umsonst handelte ihr neues Album von Bondage. Die bisherigen Bilder dienten eher der Aufwärmung und würden den Weg in ein anderes Buch finden.

»Vanessa, ich habe Seile dabei. Packen wir deinen Sklaven gescheit ein.« Angie legte die Kamera auf ihren Fotokoffer und griff nach den Juteseilen, die sie in einem Stoffbeutel verwahrte. Sie fühlten sich weich an und besaßen im Licht der untergehenden Sonne einen goldenen Glanz. Bald würde es zu dunkel sein, um gute Fotos zu bekommen, daher schaltete sie die beiden Scheinwerfer ein, die das Setting ausleuchteten. Hendrik kniff die Lider zusammen.

»Ich hab auch einige nette Spielsachen dabei.« Vanessa deutete auf ihre große Tasche, die neben Angies Stuhl stand.

Sie grinste. »Lieber zu viel als zu wenig.«

Während Vanessa die Verschnürungen an Hendriks Handgelenken öffnete, brachte Angie die Seile und eine lange Bambusstange, die sie nicht ganz mit den Fingern umschließen konnte. Daran wollte sie Hendriks ausgestreckte Arme fesseln.

»Leg dich bitte auf den Rücken«, sagte sie zu ihm.

Nach einem Blick auf seine Herrin, die ihm das Okay gab, streckte er sich auf dem erdigen Untergrund aus. Seine Knie, Handflächen und Ellbogen waren braun vom Boden und besaßen Druckstellen. Optimal. Angie hätte Hendrik auch auf einem der gepflasterten Wege ablichten können, aber das wäre nicht authentisch genug.

Vanessa nahm ihr die Stange ab, daher griff Angie nach dem Humus und verteilte ihn auf Hendriks Körper. Sie hatte zuvor Vanessa gefragt, ob sie ihren Sklaven anfassen durfte. Vanessa hatte sogar gesagt: »Du darfst mit ihm machen, was du willst.«

Hendrik war lecker. Alles an ihm war fest und sehr ansprechend. Er besaß reichlich Muskeln, aber nicht wie ein Bodybuilder, sondern eher athletische. Trotzdem konnte man so einen Body nur mit Kraftsport formen.

Als Angie die grobe Erde über seine Lenden rieb, über die winzigen Täler und Hügel der Bauchmuskeln, zuckte Hendrik und stöhnte verhalten. Obwohl sie lieber unten lag, gefielen ihr Hendriks Reaktionen. Zwei Frauen, die einen richtigen Kerl zum Schmelzen brachten – das hatte einfach was. Doch Angie durfte sich nicht ablenken lassen. Zuerst die Arbeit und danach eventuell das Vergnügen – auf rein sexueller Basis.

Während Vanessa ihren Liebsten an die Stange fesselte, entrückte sein Blick immer mehr. Wie ein T lag er da und ließ sich die Behandlung gefallen. Shibari diente nicht nur der Immobilisierung, sondern Angie nutzte die Fesselkunst, um ein geschmackvolles Kunstwerk zu schaffen. Die Knoten sollten die Schönheit des männlichen Körpers unterstreichen.

Aber Angélique war keine Hochglanz-SMlerin, was sich auch in ihren Bildern ausdrückte. Es durfte ruhig ein wenig »dreckig« zugehen und damit meinte sie nicht nur die Erde auf Hendriks Haut. Ihre Fotobücher waren bloß für erwachsene Augen gedacht. Lustschmerz, Leidenschaft, Schweiß und manchmal auch animalischer Sex prägten die Bilder, jedoch mit der gewissen Portion Ästhetik. Angie hatte es tatsächlich nach langem Ausprobieren geschafft, die goldene Mitte zu finden.

Ihre Hände glitten über die weiche Haut des Sklaven und verteilten die Erde. Hier ein Streifen, dort ein Fleck, da ein paar Steinchen. Als sie über die Brustmuskeln rieb, versteiften sich seine Nippel.

Für gewöhnlich war Hendrik rasiert, aber sie hatte Vanessa gebeten, dass er sein Schamhaar ein paar Tage lang wachsen lassen durfte. Schließlich konnte sich ein Gefangener nicht rasieren. Es war immer noch kurz, doch es machte ihn bloß männlicher.

Sie selbst war immer rasiert. »Schlecksauber« hatte es Jerome spaßeshalber genannt, denn er hatte es geliebt, sie ausgiebig zu lecken. Wenn sie daran dachte, pochte ihr Schoß heftig. Was würde sie dafür geben, jetzt bei ihrem Meister zu sein. Was er wohl in ebendiesem Moment machte? Ihre Überraschung vorbereiten? Ob er ihr ein Paket schickte? Einen Karton voller Toys und wie sie diese zu benutzen hatte? Ja, das wäre eine schöne Überraschung.

Angie zeichnete mit ihrem schmutzigen Daumen eine Spur auf Hendriks Wange, eine auf seine Stirn. Welch hübsche Nase er hatte. Gerade und groß. Sie passte zu seinem Gesicht.

Unter gesenkten Lidern schaute er sie an, die Lippen leicht geöffnet, worauf er von seiner Herrin einen Schlag auf den Bauch bekam.

Sofort wandte er den Blick ab. Der Abdruck der Klatsche leuchtete kurz auf, bevor er verblasste.

Zuletzt verwuschelte Angie sein kurzes Haar. Es musste natürlich aussehen, als wäre er durch den Dschungel gerannt. Die Anführerin des Militärcamps hatte ihn verfolgt und schließlich gestellt. Ihn gefesselt, zur Strafe ausgepeitscht und vernascht.

Ihre inneren Muskeln zogen sich zusammen. Sie stellte sich vor, sie wäre das Opfer, die Kriegsgefangene auf der Flucht, und ein Offizier hätte sie im Dschungel gefasst. Er hätte ihr die Kleider vom Leib gerissen und ihr befohlen, ihn mit dem Mund zu befriedigen, bis sein Penis hart genug war, um sie zu nehmen, ihr zu zeigen, was mit Gefangenen geschah, die Ungehorsam zeigten. Dabei hätte sich der attraktive Offizier in sie verliebt und sie sich in ihn. Sie hätten eine heimliche Beziehung gehabt und er hätte sie aus der Hölle gerettet.

Solche Vorstellungen schürten ihre Lust, jedoch nur, solange es erotische Träume blieben. Die Realität war weniger prickelnd. Aber mit Jerome hatte sie diese Fantasien ausleben können. Er hatte versucht, all ihre Wünsche zu erfüllen.

Möglichst unauffällig rieb sie ihre Oberschenkel zusammen, damit niemand sah, wie eine feuchte Spur an ihnen hinablief. Aus Gewohnheit hatte Angie auf einen Slip verzichtet. Für ihren Meister war sie immer bereit gewesen. Auch ihr Piercing in der Klitorisvorhaut hatte sie nicht herausgenommen. Es sollte sie immer an Jerome und die lustvollen Stunden erinnern.

Irgendwie fühlte sie sich schon die ganze Zeit beobachtet. In ihrem Nacken kribbelte es. Schnell blickte sie über ihre Schulter. Hatte sich dort hinten, in der düsteren Ecke, ein Palmwedel bewegt?

Unmöglich, sie waren allein in der Anlage.

Vanessa hatte mittlerweile die Stange fixiert und je einen Knoten um Hendriks Handgelenke, seine Ellbogen und die Achseln geknüpft. Jetzt war der restliche Körper dran und Angie half Vanessa, ihren Partner zu verschnüren. Sie legten ihm Seile um den Nacken, führten und wickelten sie über Brust und Bauch, zogen sie neben den Hoden vorbei durch die Beine und verschnürten auch diese. Vorsichtig, damit keine Blutgefäße gequetscht wurden.

Hendriks Geschlecht zuckte. Es war prall mit Blut gefüllt und die Adern traten hervor. Angie könnte auch dort ein dünneres Seil darumwickeln. Vielleicht später. Hendrik war fürs Erste so, wie sie ihn haben wollte.

»Vanessa, stell noch mal einen Fuß auf seinen Bauch, die Klatsche der Gerte hältst du so über seinen Penis, dass man auf dem Bild die Eichel nicht sieht.«

Nickend kam Vanessa der Aufforderung nach, obwohl sie es war, die sonst die Befehle gab. Sie sah in dem Army-Dress wirklich autoritär aus. Ihr Haar hatte sie sich zu einem Pferdeschwanz zusammengebunden, sodass die harten Linien ihres Kiefers hervortraten und ihr ein strenges Aussehen verliehen. Da wurde selbst Angie ein wenig schwach, obwohl sie nicht auf Frauen stand.

Hendrik sprach nie, außer er wurde dazu aufgefordert. Er war gut erzogen und seiner Herrin ergeben. Ab und zu strich ihm Vanessa sanft über die Wange oder schenkte ihm einen verliebten Blick. Das versetzte Angie jedes Mal einen Stich. Ja, sie war ein wenig eifersüchtig auf die wunderbare Beziehung der beiden.

Sie wusch sich die schmutzigen Hände mit Wasser aus ihrer Flasche und trocknete sie an einem Tuch ab; dann holte sie ihre Kamera vom Koffer. Die nächsten Minuten konzentrierte sie sich auf die Arbeit, bis sie zufrieden war. »Okay, wir sind fertig. Ihr wart super!«

Glücklich sank sie in ihren Klappstuhl und lehnte sich zurück. Der neue Bildband würde extraorbitant werden!

»Was machen wir jetzt mit unserem Kriegsgefangenen?«, fragte Vanessa, ein Funkeln in den Augen. Mit der Gerte schlug sie sanft auf Hendriks zuckenden Schaft.

Nachdem Angie einen großen Schluck aus der Wasserflasche getrunken hatte, sagte sie: »Er ist dein Gefangener. Du gibst die Befehle.«

Vanessa öffnete den Reißverschluss ihres Overalls ein Stück, als ob ihr zu heiß wäre. Der Ansatz ihrer Brüste kam zum Vorschein. »Wir könnten ihn gemeinsam vernaschen.«

Leise stöhnend schloss Hendrik die Augen. Die Stange in seinem Nacken und der kühle Erdboden waren sicher unangenehm, doch er blieb brav liegen und bewegte sich kaum.

»Das klingt gut.« Angie erhob sich grinsend, obwohl sie viel lieber dort unten neben Hendrik liegen würde.

»Ich weiß, wie geil er auf dich ist, und das gefällt mir nicht.« Vanessa drückte die Stiefelspitze vorsichtig gegen Hendriks Wange, damit er den Kopf drehte und gezwungen war, in Angies Richtung zu schauen. »Angélique wird dich ficken, bis dir Hören und Sehen vergeht, Gefangener.«

Mehr Feuchtigkeit lief an ihren Beinen hinab, aber das war ihr nun gleichgültig. Sie freute sich, ihre Lust an Hendrik stillen zu dürfen.

Ob er sie attraktiv fand? Sie hatte einen ähnlichen Körperbau wie Vanessa und irgendwie sahen sie sich sogar ein wenig ähnlich.

Angie deutete auf seine Erektion, aus der unentwegt Lusttropfen liefen. »Sieh ihn dir an, der wird nicht lange durchhalten.«

»Hm.« Vanessa klatschte mit der Gerte in ihre Hand und musterte Hendrik mit hochgezogenen Brauen. »Ich könnte ihn abmelken, um ihm den Druck zu nehmen.«

Er riss die Augen auf. Gefiel ihm die Idee oder eher nicht? Durch Druck auf die Prostata konnte man den Samen entleeren, ohne dass der Mann einen Orgasmus bekam.

Ob Hendrik ein Sklave war, der keusch gehalten wurde?

Sie warf einen Blick zu den Stoffbeuteln, in denen sie weiteres Zubehör aufbewahrte. »Ich habe Lederschnüre dabei.«

Vanessa verstand sofort und grinste. »Perfekt.«

Nachdem Angie ihr eine Schnur gereicht hatte, band Vanessa diese um Hendriks Penis, seine Hoden, die Wurzel. Dabei stöhnte er und versuchte, die Beine anzuwinkeln, doch dadurch zogen sich die Fesseln straff.

»Gefällt das meinem Subbie?« Vanessa kniff ihm leicht in die Wange. »Du bist ein geiler Bock. Ich muss wohl eine härtere Gangart einlegen!« Die Gerte sauste nah an seinem verschnürten Geschlecht auf den Oberschenkel.

Hendrik holte scharf Luft, seine Hände ballten sich zu Fäusten, die Bauchmuskeln spannten sich an.

Angie schluckte. Sie war so erregt, weil sie sich in Hendriks Lage versetzte, dass sie sich am liebsten gestreichelt hätte, um sich rasch Erlösung zu verschaffen. Aber sie hatte Geduld und Verzicht gelehrt bekommen. Sie würde sich beherrschen können.

Angie räusperte sich und wandte sich an Vanessa. »Möchtest du, dass ich zuvor ein paar private Fotos für euch schieße?« Sie bot das ihren Models gerne an, da sie ihnen nicht so viel bezahlen konnte. Außerdem würde sie so ein wenig abkühlen.

»Das wäre wunderbar.« Vanessa schmunzelte. »Was soll ich tun?«

»Was du willst.«

Erneut legte Vanessa ihren Stiefel auf Hendriks Wange und drückte die Hälfte seines Gesichtes auf den dreckigen Boden. »Jetzt werde ich dir zeigen, wer hier das Sagen hat!« Die Gerte sauste auf seine Brust.

Während er die Augen schloss und verhalten stöhnte, knipste Angie drauf los. Vanessa war ganz in ihrem Element, peitschte ihren Gefangenen und setzte sich auf sein Gesicht. Ihr Overall ließ sich auch von unten öffnen. So zog sie den Reißverschluss ein Stück auf, damit Hendrik sie lecken konnte. Seine Erektion zuckte, seine Finger verkrampften sich, die Fersen trieb er in den erdigen Boden.

Oh, er hatte solch ein Glück. Angie konnte kaum hinsehen.

»Streng dich mehr an!«, befahl Vanessa und griff in sein kurzes Haar, um seinen Kopf an ihre Scham zu pressen. Da der Stoff ihres Anzugs sein Gesicht verdeckte, konnte Angie nicht viel erkennen, aber was zählte, war Vanessas Mienenspiel. Sie warf den Kopf zurück und stöhnte losgelöst, während ihr Sklave hart schnaufte.

Vanessa spielte mit ihm, benutzte ihn für ihre Lust und schenkte gleichzeitig ihrem Liebsten, was er wollte. »Leck mich härter!«, forderte sie, die Lider zusammengekniffen. Röte schoss in ihre Wangen, ihre Lippen glänzten. »Jaaa, so ... fester!«

Hendrik keuchte, und plötzlich stieß Vanessa »Ja, ja, jaaa« hervor, als sie offensichtlich zum Höhepunkt kam. Sie zuckte über ihm und stieß ihren Atem in abgehackten Schüben hervor, bis sich der angespannte Gesichtsausdruck löste.

»Gut gemacht.« Zärtlich tätschelte sie die Wange ihres Sklaven und küsste ihn anschließend auf die glänzenden Lippen. Hendrik lächelte selig, obwohl er noch keine Erfüllung gefunden hatte.

Nach einem tiefen Zungenkuss stand Vanessa auf, schloss den Reißverschluss und begab sich zu Angie, um ebenfalls etwas zu trinken. Sie nahm ihre Flasche mit und legte sie an Hendriks Lippen, damit auch er seinen Durst stillen konnte. Er trank alles in einem Zug aus. Dabei streichelte sie ihm über den angespannten Bauch. Vanessa kümmerte sich wirklich gut um ihren Sklaven. Genau wie Jerome es bei ihr getan hatte.

Angie hatte immer genug Wasser und Snacks dabei, denn so ein Fotoshooting war anstrengend.

Vanessa stellte die Flasche weg und musterte Hendrik. Dabei lagen Liebe und Bewunderung in ihrem Gesichtsausdruck. »Ich steh total drauf, wenn du so wehrlos bist.« Schelmisch grinsend beugte sie sich über seinen Schoß und tippte die hochrote Spitze seines Geschlechts mit der Zunge an. Hendrik biss sich auf die Unterlippe und spannte sämtliche Muskeln an.

»Bitte, Herrin«, flüsterte er und Angie hörte ihn zum ersten Mal sprechen. »Bitte gewährt mir einen Höhepunkt.«

»Du hattest erst letzten Monat einen!«, rief sie gespielt erzürnt. »Was erlaubst du dir!?«

Der arme Hendrik wurde also tatsächlich keusch gehalten. Ob Vanessa ihn täglich entsamte? Manche Männer beherrschen es, ohne fremdes Zutun Samenflüssigkeit abzulassen. Angie hatte von Beziehungen gehört, in denen der Sklave seit Jahren keinen Orgasmus mehr gehabt hatte. Stundenlang musste er auf einem sehr hohen Level der Erregung verharren, um seine Herrin zu befriedigen, und fand nie selbst die endgültige Erlösung. Doch die Männer hatten sich daran gewöhnt und genossen die neue Art der Sexualität, brauchten das, sich ganz in die Obhut ihrer Herrin zu begeben und sie bestimmen zu lassen, was mit ihrem Körper geschah.

Angie konnte sie so gut verstehen.

Vanessa erhob sich. »Ich werde dir keinen Höhepunkt gewähren. Fürs Erste. Jetzt darf Angélique dich benutzen.«

Ihre Muschi verkrampfte sich. Vanessa hatte ihr einen Befehl erteilt. Sie war nicht ihre Herrin, dennoch legte Angie die Kamera weg, zog die hohen Schuhe aus und betrat nur mit Strümpfen den Erdboden. Unschlüssig stand sie neben Hendrik, der schwer atmend zu ihr aufsah.

»Was soll ich tun?«, fragte sie leise.

Scheinbar interessiert betrachtete Vanessa ihre lackierten Fingernägel und beachtete Angie und Hendrik mit keinem Blick. »Fick ihn. Reagier dich an ihm ab. Mach, was du willst.«

Oh Mann … Sollte sie wirklich?

Ja, warum nicht. Immerhin war sie Single, auch wenn sie im Moment das seltsame Gefühl beschlich, etwas Verbotenes zu tun. Nur machte das die Situation aufregender.

Sie raffte ihren Rock und stellte sich über Hendriks Schoß. Er starrte auf ihre rasierte Scham. Als sie langsam in die Hocke ging, wurden seine Augen größer.

Die Gerte traf ihn an den gefesselten Armen. »Ich verbiete dir, sie anzublicken!«

Vanessa beobachtete sie genau.

Stöhnend schloss Hendrik die Lider, während sich Angie seinen verschnürten Schaft einführte. Durch das Leder war sein Geschlecht dicker und besaß eine raue Oberfläche, die an ihrem Inneren rieb. Ihr Schoß pochte ungestüm. Ob sie einen Orgasmus haben konnte, wenn zwei ihr nicht so sehr vertraute Menschen zusahen? Ihr Unterleib verkrampfte sich lustvoll. Doch, es war aufregend und prickelnd, dabei beobachtet zu werden und von der Herrin befohlen zu bekommen, was sie tun sollte.

Hendriks Körper spannte sich an, Schweiß glitzerte auf seiner Stirn. »Herrin«, winselte er, »bitte entfernt die Schnüre.«

Vanessa lachte nur. Sie stellte sich hinter Angie, zog ihr Korsett nach unten und holte ihre Brüste heraus. Angie schnappte nach Luft, als die Herrin ihr in die Nippel zwickte. Pure Erregung schoss zwischen ihre Schenkel.

Vanessa zwirbelte ihre empfindlichen Spitzen. »Gefällt dir das, Sklave? Magst du ihre Brüste?«

Hendrik hatte die Augen längst wieder geöffnet. Er schüttelte leicht den Kopf, ließ jedoch nie den Blick von Angie.

»Du Lügner!«, schrie sie, sodass auch Angie zusammenzuckte.

Er erntete neue Schläge, diesmal auf die Oberschenkel. Angie spürte den Luftzug der Gerte an ihrem nackten Hintern und fühlte Hendrik in sich zucken.

Ob Vanessa die Gerte auch bei ihr … Sie brauchte den Gedanken nicht zu Ende führen, da traf sie ein Hieb an ihrer Pobacke. »Na los!«

Überrascht schrie Angie auf. Sie erlaubte sich, kurz das Nachlassen des ziehenden Schmerzes zu genießen, bevor sie den Sklaven zu reiten begann. Erst gemächlich, dann immer schneller, wobei sie sich an seinem gestutzten Schamhaar rieb, das herrlich über ihren Kitzler kratzte.

Vanessa stand daneben und überwachte sie mit Argusaugen. Würde sie wieder zuschlagen?

Angies Herz pochte ungestüm. Sie war nicht nur devot, sondern auch masochistisch veranlagt. Sie brauchte den Lustschmerz, war süchtig danach. Ach, wenn doch Jerome bei ihr wäre!

Plötzlich packte sie jemand von hinten unter ihren Brüsten und hob sie von Hendrik herunter.

»Du geile Schlampe!«, rief ihr Angreifer, der sie fest in seinem Griff hielt und auf den Weg zurückzerrte.

Vor Verblüffung war sie wie gelähmt.

»Was fällt dir ein«, knurrte er an ihrem Ohr.

»Jerome?« Er war es! Sie erkannte ihn am tiefen Timbre seiner Stimme und dem rauchigen Duft seines Aftershaves.

Das konnte nicht sein, er war in Amerika! Oder bildete sie sich ein, er wäre es? Verdammt, sie vermisste ihn so sehr, dass sie bereits verrückt wurde.

Am ganzen Körper zitternd schaute sie zu Vanessa, doch die sah an ihr vorbei und nickte lächelnd. »Seid gegrüßt, Master Jerome. Schön, Euch zu sehen.«

»Ich freue mich auch, Euch zu sehen, Lady Vanessa«, antwortete er, wobei seine Lippen Angies Schläfe streiften. »Danke, dass Ihr mir gesagt habt, wo sich meine untreue Sklavin heute aufhält.«

Was wurde hier gespielt? Ungestüm schlug ihr Herz gegen seine Hand. »Aber, Jerome, ich bin nicht …«

»Wie sprichst du mit deinem Meister?!«, grollte er und zwickte sie in die Brustwarze.

Der Schmerz schoss bis zwischen ihre Beine, wo er sich in pure Lust verwandelte. Hastig senkte sie den Kopf, aus reiner Gewohnheit, obwohl er hinter ihr stand.

Jerome streichelte mit dem Daumen über ihren beleidigten Nippel. »Hast du nichts Besseres zu tun, als durch die Gegend zu ficken? Was ist aus meiner wohlerzogenen Sklavin geworden?«

Er hörte sich nicht wirklich wütend an. Das klang gespielt. Angie kannte die unterschiedlichen Nuancen seiner Stimme sehr gut. »Meister …«

Jerome war hier und sie hing in seinem festen Griff. Wie gut sich seine Arme anfühlten, die er gebieterisch um sie geschlungen hatte. Eine Hand hatte er auf ihre Brust gelegt und knetete sie zärtlich.

»Ts«, machte er. »Meine beste Stute reitet auf fremden Hengsten?« Erneut zwickte er sie, diesmal in die andere Warze.

Stöhnend sackte sie gegen ihn und fühlte dem Brennen auf ihrem Nippel nach.

Seine beste Stute? Stolz schwelte in ihrer Sklavenseele.

Jerome war tatsächlich hier! Ob das die angekündigte Überraschung war? Gewiss!

»So vergnügst du dich also in meiner Abwesenheit?«, flüsterte er ihr ins Ohr. Erneut streiften seine Lippen ihre Haut und schickten ein Prickeln über ihr Rückgrat.

Ihr lag ein Kommentar auf der Zunge, den sie sich verkniff. Jerome hatte sie freigegeben; sie hatte sich nichts zuschulden kommen lassen.

Er wusste es, sie wusste es.

Er hatte ihr erlaubt, sich zu vergnügen, doch ihr Meister schien einen Aufhänger zu brauchen, um ihr Spiel zu beginnen – ein Spiel, auf das sie sich so sehr freute, dass ein neuer Schwall Lust an ihren Beinen hinablief.

War er denn überhaupt wieder ihr Meister? Würde er in München bleiben oder ging er zurück nach Amerika?

Sie hatten in den letzten Monaten keinen Kontakt gehabt. Angie wusste nicht, was er die ganze Zeit gemacht hatte, wie die Tour verlief, ob er eine andere Sklavin besaß. Einem Herrn stand es zu, so viele Sklavinnen zu halten, wie er mochte. Ob in den USA eine andere Frau auf ihn wartete?

Egal – jetzt war er hier, und sie würde jede Sekunde davon genießen. Sie wollte vor Glück jauchzen, stammelte stattdessen unterwürfig: »Aber, Meister ... Ihr habt mich freigegeben, als Ihr weggegangen seid.«

»Das hätte ich niemals zulassen sollen. Aus dir ist ein verdorbenes Früchtchen geworden.« Er fasste unter ihren hochgerafften Lederrock und griff an ihre Scham, drückte einen Finger in ihre Nässe. Wie gut sich das anfühlte!

»Du bist unersättlich, habe ich gehört, und hier ist der Beweis!« Er strich ihr die Feuchtigkeit auf die Wange.

»Das war ich nur, weil ich Euch so vermisst habe«, wisperte sie.

»Ich habe dich auch vermisst«, vernahm sie leise seine Worte.

Ihr Herz hüpfte. Die Postkarte, die Überraschung. War er gekommen, um sich noch einmal mit ihr zu vergnügen? Sie würde ihm alles geben, ihre Demut, ihre Hingabe – vielleicht könnten sie wieder eine Beziehung führen, wenn auch über viele tausend Kilometer.

»Knie nieder!« Er streckte die Hand in Vanessas Richtung, wie Angie aus den Augenwinkeln erkannte. »Die Gerte!«

Vanessa reichte sie ihm.

Gehorsam kniete sie sich auf den harten Steinboden. Ihr Puls raste, sie bebte am ganzen Körper. Sie wollte Jerome so gerne ansehen, traute sich aber nicht, den Kopf zu heben. Sie sah lediglich seine schwarzen Schuhe und die dunklen Stoffhosen.

»Um dir deinen Sklavinnenstatus wieder ins Bewusstsein zu rufen, erhältst du fünf Schläge auf jede Brust«, sagte er.

Zitternd atmete sie ein und starrte auf ihre geröteten Brustspitzen. Er hatte es geliebt, ihre Brüste mit Striemen zu zeichnen, sie mit Seilen zu umwickeln und mit Nippelklemmen zu schmücken. So hatte sie einmal zwei Stunden mit gesenktem Kopf neben ihm im Wohnzimmer knien müssen, die Hände auf dem Rücken gefesselt, während er sich einen Western angeschaut hatte.

Danach hatte er sie wegen der Pfütze geschimpft, die sich zwischen ihren Beinen auf dem Parkettboden gebildet hatte, doch Demut und Schmerz erregten Angie. Sie hatte ihre Lust auflecken müssen und anschließend hatte ihr Meister mit ihr geschlafen. Auf seine Art. Mit Jerome war es nie langweilig gewesen.

Zärtlich ließ er die Gerte über ihren Hals wandern. »Schließe die Augen und lege den Kopf in den Nacken.«

Kaum hatte sie seinen Befehl ausgeführt, sauste die Gerte auf ihr Fleisch. Vor Überraschung schrie sie auf. Sie war es nicht mehr gewohnt und erlebte die Schläge auf ihren Busen, als wäre es ihr erstes Mal. Sie brannten nur am

Anfang, denn die Klatsche milderte den Schlag ab.

»Hast du denn alles vergessen?«, rief er.

»Danke, mein Meister«, erwiderte sie hastig und fühlte, wie Tränen über ihre Wangen liefen. Sie weinte. Vor Glück.

Jeder weitere Hieb kam ein wenig fester und die letzten zwei ertrug sie gerade noch so, bedankte sich artig und wartete auf neue Anweisungen. Die Haut auf ihren Brüsten war heiß, doch noch heißer brannte das Verlangen zwischen ihren Schamlippen.

»Darf ich Euch ansehen?«, fragte sie, als Jerome nichts sagte.

»Ich gewähre dir einen kurzen Blick.«

Sie öffnete die Lider. Ihr Meister stand vor ihr, die Arme vor der Brust verschränkt, und starrte auf sie herab. Unglaublich gut sah er aus und mit seinem Dreitagebart wie ein Pirat. Nur dünner war er geworden, sein Gesicht kantiger und Schatten hingen unter seinen Augen. Der Job war sicher kein Zuckerschlecken. Die langen braunen Haare, die ihm sonst in weichen Wellen über die Schultern fielen, hatte er im Nacken zusammengebunden. Zu der dunklen Hose trug er ein eng anliegendes weißes T-Shirt, unter dem sich jede Kontur seines Oberkörpers abzeichnete. Jerome war nicht ganz so muskulös wie Hendrik, dennoch strahlte er allein durch seine Größe, die breiten Schultern und den strengen Gesichtsausdruck eine gewaltige Kraft aus. Ihr Meister, ihr Jerome.

Sie schniefte. Wie sehr sie ihn liebte. »Ich habe Euch so vermisst, Herr.«

»Ts.« Er schnaubte, doch seine Stimme klang sanft und seine Augen schimmerten gütig. »Das sehe ich.« Als er die Lider zusammenkniff, senkte sie hastig den Kopf. Sie hatte ihn bereits zu lange angeblickt, aber er nahm es ihr nicht übel. Seine Hand strich zärtlich über ihr Haar. Wie eine Katze schmiegte sie sich an ihn und genoss die Streicheleinheiten.

Vanessa befreite währenddessen Hendrik von der Stange und den Seilen. Anscheinend wollten sie aufbrechen.

»Zieh dich aus«, sagte Jerome streng zu Angie und setzte sich auf ihren Stuhl. »Die Schläge waren erst der Vorgeschmack auf das, was eine Sklavin erwartet, die sich so schamlos benimmt wie du.«

Angie stand auf, öffnete die Häkchen ihrer Korsage und ließ sie auf den Fotokoffer fallen. Dann schob sie sich den Rock von den Hüften. Nun war sie nackt bis auf die halterlosen Strümpfe. Angie ließ sie an, weil sie wusste, dass ihr Meister auf Nylon stand. Jede Faser in ihr gierte nach Unterwerfung. Nach Jerome.

Kühl musterte er sie von oben bis unten. Doch ihr Anblick ließ ihn alles andere als kalt. Sie bemerkte die Beule in seinem Schritt und das Zucken seiner Mundwinkel, als er offensichtlich ihr Klitoris-Piercing anstarrte, das sie sich nur für ihn hatte stechen lassen, als Zeichen ihrer Unterwürfigkeit.

17

Er winkte Angie zu sich. »Komm her.«

Den Kopf gesenkt, stellte sie sich vor ihn.

»Leg dich über meine Knie.« Auffordernd klopfte er auf seinen Schoß.

Wie ferngesteuert gehorchte sie. Es gefiel ihr, endlich wieder gesagt zu bekommen, was sie machen sollte. Würde er sie versohlen? Jerome hatte sich ihrem Gesäß stets hingebungsvoll gewidmet. Ihre Muschi gierte nach den Klapsen seiner flachen Hand, doch Angie wurde enttäuscht. Sie schrie auf, als er ihr das kühle Wasser aus der Flasche in ihre Spalte goss und es auf den Boden plätscherte.

»Ich fasse keine schmutzige Sklavin an.« Seine Finger stießen in sie, um sie zu reinigen. Dabei ging er nicht gerade sanft vor, doch seine groben Berührungen waren genau das, was sie brauchte. Er fuhr nicht nur zwischen ihre Schamlippen, sondern steckte seine Finger auch in ihren After. Jerome dehnte ihren Schließmuskel und zog ihn auf.

»Lady Vanessa!«, rief er. »Ich bräuchte Ihre Hilfe.«

Angie hob den Kopf. Vanessa hatte Hendrik von der Stange befreit und kam zu ihnen. Jerome gab ihr die Flasche.

Plötzlich folgte ein neuer Schwall Wasser, der sich in ihrem Inneren wie Eis anfühlte. Sie japste, während Vanessa den Rest in sie schüttete. Jeromes Hose wurde feucht, aber das schien ihn nicht zu stören.

»Das reicht nicht«, sagte er. »Da steht noch eine Flasche.«

Angie versteifte sich. Was hatte er vor? »Meister, ich hatte keinen Analverkehr seit …«

»Dich habe ich nicht gefragt!«

Sie zuckte zusammen. Ihre Vagina zuckte ebenfalls.

Respektvoll fragte er Vanessa: »Ist das stilles Wasser?«

»Ja, Meister Jerome.«

»Perfekt.«

Angie hörte das leise Zischen, als eine neue Flasche geöffnet wurde. Ihr Puls raste, doch ihre Neugier setzte sich über die Vorschriften ihres Meisters hinweg. Schnell schaute sie über die Schulter. Während Jerome ihren Schließmuskel auseinanderzog, drückte Vanessa einen Daumen auf die Öffnung der Flasche, drehte diese herum und …

»Bitte nicht, Meister!« Angie zappelte. Sie wollte diese unangenehme Prozedur nicht hier über sich ergehen lassen.

Jerome hatte ihr schon öfter einen Einlauf verpasst, in Angies Zuhause, mit einem speziellen Aufsatz für die Dusche. Aber da waren sie unter sich gewesen und das Wasser warm.

Er nickte Vanessa zu und diese stellte die Flasche wieder weg.

Angie atmete auf. »Danke, Meister.«

Seinem verschmitzten Lächeln nach zu urteilen wollte er ihr lediglich eine kleine Lektion verpassen. Er tätschelte ihren Hintern und sagte: »Geh dich saubermachen.«

Sie stand auf und kniff ihren Schließmuskel zusammen, weil Wasser an ihren Schenkeln hinablief. Immer noch spürte sie Jeromes Finger auf sich und in sich. Sie rannte durch die Palmenhalle, um möglichst schnell wieder bei ihrem Meister zu sein, und stieß die Schwingtür zum Madagaskarhaus auf, in dem es bereits düster war. Sie lief vorbei an riesigen Aloe-Bäumen und kaktusähnlichen Pflanzen. Am anderen Ende des Gewächshauses gab es Toiletten. Angie schaltete das Licht an, ging aufs Klo und wusch sich die Hände. Ihr Körper glühte. Sie konnte sich im Spiegel kaum ansehen. Ihr Make-up war leicht verlaufen, ihre Wangen gerötet.

Sie bekam kaum Luft. Jerome war hier! Sie fühlte sich nackter als sonst, wahrscheinlich, weil sie seit Monaten keine richtige Sub mehr gewesen war. Endlich durfte sie wieder Sklavin sein.

Ihr Puls klopfte wilder, als sie daran dachte, gleich zu ihrem ehemaligen Meister zurückzukehren. Sie freute sich auf ihn und auf das, was noch kommen würde. Falls noch etwas kam. Würde er weiter mit ihr spielen? Sie mit nach Hause nehmen? In *sein* Zuhause? Sie waren selten bei ihm gewesen, weil die Wände seines Apartments sehr hellhörig waren. Jerome war meistens zu ihr gekommen und hatte teilweise bei ihr gewohnt.

Sie wusch sich gründlich zwischen den Beinen und trocknete sich mit Papiertüchern ab, bevor sie zu den anderen zurückging. Ihre feinen Strümpfe waren wegen des rauen Bodens eingerissen oder hatten Laufmaschen bekommen. Sie sah billig aus. Benutzt.

So, wie sie es mochte.

Ihre harten Brustspitzen prickelten, ihre Schamlippen waren geschwollen. Ihre Klitoris stand hervor und das Piercing in der Vorhaut mit dem Ring der O war deutlich zu erkennen.

Jerome und Vanessa unterhielten sich wie alte Freunde und waren auf das vertraute Du gewechselt. Hendrik stand mit gesenktem Kopf neben ihnen, schmutzig von oben bis unten. Die Lederschnüre waren immer noch um seine Erektion gewickelt, die dadurch nicht abklingen konnte.

Die riesige Halle lag fast im Dunkeln, doch die Strahler spendeten ein gespenstisches, grelles Licht und die Palmwedel verbreiteten unheimliche Schatten.

Wie sie es gelernt hatte, begab sie sich kommentarlos hinter ihren Meister und wartete. Beide Doms beachteten sie nicht, also lauschte sie, was Jerome über Amerika und die Tour berichtete. Wie er mit der Band in einem Bus durchs Land reiste, jeden Tag sechzehn Stunden oder mehr auf den Beinen war. Deshalb sah er auch so ausgemergelt aus. Angie würde diesen Zustand ändern. Sie würde Jerome bekochen, wie früher, ihn verwöhnen, massieren und dafür sorgen, dass es ihm an nichts fehlte.

Als er zu Vanessa sagte: »Übermorgen fliege ich zurück«, verkrampfte sich alles in ihr. Mühsam schluckte sie die aufsteigenden Tränen. Er würde wieder gehen? Wieso war er dann erst hergekommen?

Sie zuckte zusammen, als Vanessa ihrem Sklaven einen Befehl erteilte. »Geh dich waschen!« Sie deutete auf ihre große Tasche, die neben Angies Fotosachen stand. »Du darfst dir ein Handtuch mitnehmen. Und beeile dich!«

»Danke, Herrin.« Den Kopf gesenkt, holte er sich das Tuch und ging an ihnen vorbei zu den Toiletten. Anscheinend wollte Vanessa tatsächlich aufbrechen. Angie hatte nichts dagegen, mit Jerome allein zu sein. Offensichtlich hatte er noch etwas mit ihr vor, denn eine Decke lag ausgebreitet auf dem weichen Erdboden. Vorfreude regte sich in ihr.

Es gefiel ihr ohnehin nicht, wie gut er sich mit Vanessa verstand. Es hatte Angie früher auch schon ein bisschen gestört, wenn sich ihr Meister mit anderen Herrinnen unterhalten hatte, obwohl er ihr nie einen Grund zur Eifersucht gegeben hatte. Jerome hatte niemals eine andere Frau angefasst. Was er allerdings gemacht hatte, wenn Angie nicht dabei gewesen war, wusste sie nicht und es stand ihr auch nicht zu, das zu erfragen.

»Sklavin!« Jerome winkte sie zu sich. »Auf die Knie und biete mir deinen Mund dar.«

Gehorsam folgte sie, kniete sich vor ihren Meister auf die Steinplatten und öffnete die Lippen. Ihre Haut kribbelte, mehr Feuchtigkeit verteilte sich zwischen ihren Schenkeln. Sie hatte es immer geliebt, seinen prächtigen Schwanz zu verwöhnen.

Jerome öffnete den Reißverschluss und zog die Unterhose über seinen Penis. Kräftig war er, mit zahlreichen Adern überzogen. Seine Eichel war kugelrund, mit einem dicken Wulst.

Ihr lief das Wasser im Mund zusammen und ihr Kitzler hämmerte wie verrückt. Stundenlang hatte ihr Meister sie manchmal lustvoll gequält, sie nackt ans Bett gefesselt, die Beine gespreizt, die Augen verbunden. Er hatte sie genommen, sich in sie ergossen oder auf sie gespritzt und sie dann wieder ewig liegen lassen. Fürsorglich hatte er ihr zu trinken und zu essen gegeben, ihre verkrampften Muskeln massiert und ihr einen Katheter eingeführt, als sie sich erleichtern musste.

Sie war seine willige Gefangene gewesen. Er hatte es verstanden, ihre Lüste zu schüren, hatte ihr Nippelklemmen angelegt und sogar ihre Schamlippen mit Klammern geziert. Eine Klemme hatte er an dem Piercing ihrer Klitoris befestigt und daran eine lange Schnur gebunden. Während er sich im Wohnzimmer einen Film angesehen hatte, hatte er immer wieder an der Schnur gezogen, Angies Lust und Leid geschürt, sie aber nicht kommen lassen. Erst als sie erschöpft eingeschlafen war, hatte er sie mit einem Vibrator sanft geweckt, die summende Spitze über ihren Körper geführt und sie dann ein letztes Mal hart gefickt, bis sie einen heftigen Höhepunkt erlebt hatte.

Jerome presste die Eichel zwischen ihre Lippen und Angie nahm sie gefügsam auf. Sie leckte über die glatte Haut an der Spitze, schmeckte Salz und ein klein wenig von Jeromes Schweiß. Der Geschmack machte sie rasend vor Lust.

Immer tiefer schob sich der kräftige Schaft in sie, bis ihre Kiefermuskeln spannten. Beinahe hatte sie vergessen, wie dick er war.

Die Finger ihres Meisters krallten sich in ihr Haar. Er diktierte die Geschwindigkeit, presste ihr Gesicht an seine Scham. Wie gut er dort roch, nach Mann und Moschus. Seine Eichel drang in ihre Kehle, reizte ihr Zäpfchen – doch sie hatte gelernt, nicht zu würgen. Jerome hatte ihr beigebracht, wie sie ihn tief aufnehmen konnte. Und sie liebte es, ihn tief in sich zu spüren, liebte es, sein Sperma zu trinken, auch wenn sie den Geschmack nicht unbedingt mochte. Aber es kam von *ihm*, von dem Mann, den sie mehr als sich selbst, mehr als alles andere liebte und dem sie vertraute.

Ihre Vagina zog sich zusammen. Angie wollte sich so gerne zwischen den Beinen berühren, doch ihr Herr würde das nicht erlauben. Nur er bestimmte, ob und wann sie einen Orgasmus erleben durfte.

Während Jerome ihren Mund benutzte und dabei ihre Kopfhaut kraulte, unterhielt er sich weiterhin mit Vanessa. Zwar zitterte seine Stimme und, wenn Angie besonders fest saugte, entwich ihm ein Stöhnen – was sie ungemein freute –, ansonsten hielt er sich ausgezeichnet. Er war sehr diszipliniert. Dennoch hatte sie ihren Meister in ihrer Gewalt.

Sie erlaubte sich, eine Hand unter sein T-Shirt zu schieben. Sie wollte ihn unbedingt fühlen. Seine Haut war glatt und warm, sein Bauch straff. Angie fuhr mit einem Finger über die Spur dunkler Härchen bis zu seinem Bauchnabel und wagte es, nach oben zu spähen.

Jerome starrte auf sie herab, sein Blick wirkte verklärt, obwohl er weiterhin mit Vanessa sprach.

Oh wie sehr sie diesen herrlichen Mann begehrte. Er schimpfte sie nicht, zwang sie nicht wegzusehen. Die Zeit schien stillzustehen, als sie einander einfach nur musterten und sich Angie in den grünen Tiefen seiner Augen verlor. Sie betrachtete die Linien seiner Wangen, bemerkte die Narbe an seinem Kinn, wo keine Barthaare wuchsen. Dort hatte er sich als Kind eine Platzwunde zugezogen, als er mit dem Fahrrad auf einem Kiesweg ins Schleudern geraten war.

An seinen süßen kleinen Ohrläppchen blitzten zwei Silberringe. Ihr Herz machte einen Satz. Die waren von ihr! Diese Ohrringe hatte sie ihm letztes Jahr zu Weihnachten geschenkt.

Bei dem Gedanken, wie sie ihm dieses Präsent überreicht hatte, schmunzelte sie und lutschte an seiner Penisspitze. Angie hatte die Silberringe an ihrem Klitorispiercing befestigt, sich ein sündhaftes Outfit angezogen und sich vor den Weihnachtsbaum gelegt. Jerome hatte sein Geschenk an ihr suchen müssen, was ihnen beiden sehr viel Spaß bereitet hatte.

Er hatte ihr ein Verwöhnwochenende in einem Wellnesshotel in Bad Aibling geschenkt. Sie waren über Silvester dort gewesen, hatten Massagen genossen, waren in der Therme gewesen und hatten es sich einfach gutgehen lassen. Er hatte sie die gesamte Zeit über wie eine Prinzessin behandelt. Wie eine Sklavenprinzessin. Denn natürlich hatte sie ihm auf ihrem Zimmer gedient und war glücklich in seinen Armen eingeschlafen.

Sie wagte den nächsten Schritt und legte die Finger der anderen Hand an seine Hoden. Sie liebte diesen weichen Hautsack, drückte ihn behutsam und fühlte die festen Kugeln darin. Jetzt war Jerome ihr Lustsklave, sie hatte sein empfindlichstes Organ in ihrer Gewalt.

Als Vanessa sagte: »Da kommt er ja endlich«, zog Jerome sich aus ihr zurück und der magische Moment war vorüber.

Ihr Meister fasste unter ihren Arm und zwang sie zum Aufstehen. »Auf die Decke mit dir!«, befahl er und drängte sie zwischen die Pflanzen. »Hinlegen und Beine spreizen.«

Angie streckte sich auf dem Rücken aus und verfolgte unter halb gesenkten Lidern, was um sie herum geschah. Vanessa hatte Seile in der Hand. Jerome und sie packten je eines ihrer Beine, zogen sie noch weiter auseinander und fesselten sie an zwei Palmen.

Ihr Herz raste. Es war noch nicht vorbei. Das Spiel fing gerade erst an. Ob ihr altes Safeword noch zählte? Angie hatte es bei Jerome nicht gebraucht. Stets hatte er gewusst, wie weit er gehen konnte.

»Ihre Titten?«, fragte Vanessa und sah fragend zu ihm.

Er nickte. »Ich will sie richtig prall.«

Ihre Brüste besaßen zu wenig Masse, um sie einfach zu umschnüren. Das funktionierte erst richtig ab Körbchengröße D, aber es gab andere Methoden, sie abzubinden. Jerome forderte von Angie, sich aufzusetzen und die Arme über den Kopf zu nehmen. Vanessa wickelte das Seil parallel um ihren Oberkörper, eines unterhalb ihrer Brüste, eines oberhalb. Sie zog das Seil dazwischen durch und führte es um ihren Nacken. Es kitzelte und sie unterdrückte ein Kichern. Die beiden Seile zogen sich zusammen und quetschten ihre gestreckte Brust ein. Das Gewebe war empfindlich, daher brauchte es jemanden mit Erfahrung. Aber Angie vertraute Vanessa, da sie wusste, wie gut sie darin war.

Jerome drückte sie zurück auf die Decke, packte ihre Handgelenke und fesselte sie an zwei robuste Stämme, sodass sie wie ein X auf der Decke lag.

Wehrlos und offen zugänglich.

Sie schämte sich nicht, vor ihrem Meister nackt zu sein, doch dass Vanessa und Hendrik sie so sehen konnten, trieb ihr Hitze ins Gesicht. Das wiederum machte sie an. Scham, Demütigung … alles, wovor sich andere Menschen fürchteten, brauchte sie, um erregt zu werden. Oder mehr erregt, als wenn sie gewöhnlichen Sex hatte. Sie hatte keine Angst, dass etwas Schlimmes passieren könnte, denn Jerome würde auf sie aufpassen. Immer wieder streichelte er sie, mal am Arm, dann am Bein.

»Jetzt beginnt die eigentliche Strafe, verruchte Sklavin.« Er verließ sie kurz und als er zurückkam, hielt er einen Flogger in der Hand. Den kurzen Griff hatte er so fest umschlossen, dass seine Knöchel hell hervortraten. Sachte strich er mit den kurzen Lederschnüren der Peitsche über ihre Brüste. Durch die Verschnürung fühlte Angie die Berührung viel intensiver. Das Leder kitzelte an ihren Nippeln.

Er holte aus. Die weichen Riemen sausten durch die Luft und trafen klatschend auf ihren Bauch.

Stöhnend biss sie die Zähne zusammen und kniff die Augen zu. Die weichen Schnüre schmerzten lange nicht so sehr wie die Hiebe einer Gerte, aber Jerome legte viel Kraft in seine Schläge. Er peitschte ihren wehrlosen Leib aus, von den Fußsohlen bis zu den verschnürten Brüsten. Angie schrie bei jedem Treffer leise auf. Die Schläge brannten sich in ihre Haut, bis sie glühte, und die Hitze raste bis zwischen ihre Schenkel.

»Wirst du dich noch einmal so schamlos benehmen?«, grollte er und landete einen Hieb auf ihrer abgeschnürten Brust.

»Nein, Meister«, versprach sie und zwinkerte eine aufgestiegene Träne fort.

»Aber deine Möse giert nach fremden Schwänzen, das sehe ich!« Der Flogger sauste auf ihren Venushügel.

Angie stöhnte laut auf. Jerome holte immer und immer wieder aus und zielte nur noch auf ihre Schamlippen. Die Schläge waren nicht so hart wie an anderen Körperstellen, dennoch raste die Pein durch ihren Kitzler bis in ihren Kopf. Ihr Unterleib stand in Flammen, ihre Klitoris pochte stark.

Der Cocktail aus Schmerz und Lust berauschte sie. Es fehlte nicht mehr viel und sie würde einen heftigen Höhepunkt erleben.

»Sie wird immer geiler«, hörte sie Vanessa sagen. »Die ganze Decke ist schon nass.«

»Ihr habt recht«, meinte Jerome. »Sie auszupeitschen ist keine Strafe, sondern eine Belohnung. Setzt die Klammern an, Lady Vanessa.«

Angie riss die Augen auf. Glühender Schmerz raste durch sie, als Vanessa eine Klemme auf ihre harte Brustspitze zwickte.

»Bitte nicht, Meister!«, flehte sie. »Ich bin geläutert!«

»Du und geläutert?« Er lachte auf und sah eher amüsiert denn böse aus. »Für diese Lüge wirst du büßen.« Er ließ sich von Vanessa eine Klemme geben und klipste sie auf ihren pochenden Kitzler.

Mehr Tränen schossen ihr in die Augen. Durch ihr Piercing konnte die Klammer nicht so schnell abrutschen, denn zwischen ihren Schenkeln war alles nass und glitschig.

Grinsend zog ihr Meister daran, schürte ihren Lustschmerz.

Angie zappelte und wand sich, doch wegen der Fesseln konnte sie sich nicht wehren. Jerome kniete zwischen ihren gespreizten Schenkeln und genoss sichtlich ihr Leiden. Verträumt streichelte er die Innenseiten ihrer Schenkel. Angie wusste: Er war nicht grausam, sondern tat all das, weil sie es nicht anders wollte. Es machte ihnen beiden Spaß.

Hendrik stand daneben und starrte auf das Schauspiel. Er wirkte wehmütig. Sein umwickelter Penis zuckte. Seine Herrin hatte ihn immer noch nicht erlöst.

»Meister Jerome, kann Eure Sub meinen Sklaven lecken? Dann muss ich mich nicht um ihn kümmern«, sagte Vanessa liebenswürdig, während sie Angie eine zweite Klammer an den anderen Nippel klipste.

Sie biss die Zähne zusammen und atmete hektisch durch die Nase.

Jerome schnaubte. »Nur zu.« Ein Schatten huschte über sein Gesicht.

War er etwa eifersüchtig?

Angie unterdrückte ein Grinsen.

Er wandte sich von ihr ab, wobei er sich unwirsch durchs Haar fuhr und murmelte: »Sie ist ja gut darin, andere Schwänze zu bearbeiten.«

»Ihr …« *tut mir unrecht*, wollte sie sagen, biss sich aber im letzten Moment auf die Zunge. Sie würde später mit Jerome über alles reden.

Vanessa, die an ihrem Kopf stand, dirigierte ihren Sklaven an den Schultern. »Hocke dich auf sie, Gesicht zu mir.«

Hendrik ging in die Knie, sodass Jerome von seiner Position aus den Hintern sah.

Als ihre Lippen Hendriks Hoden berührten, begann sie sofort ihre Zungenspitze über die zarte Haut wandern zu lassen. Es kratzte leicht, weil er ja nicht frisch rasiert war.

Hingebungsvoll leckte sie über Hoden und Damm, während sich Hendrik an seiner Herrin abstützte. Viel lieber würde sie Jerome lecken.

»Du wirst nur mich ansehen, Sklave!«, befahl Vanessa.

Dadurch, dass Hendrik ihr die Sicht nahm, wusste sie nicht, was Jerome zwischen ihren Schenkeln anstellte. Es zog an der Schnur, die um ihr linkes Fußgelenk gebunden war. Plötzlich war ihr Bein frei, aber nicht lange. Offenbar befestigte ihr Meister das Seil an einem anderen Baum. Ihr Schenkel wurde schräg nach oben gespreizt. Jerome wollte sie also zugänglicher. Würde er mit ihr schlafen?

»Lecken, Sklavin!«, befahl Vanessa.

Angie hatte sich so auf Jeromes Tun konzentriert, dass sie tatsächlich damit aufgehört hatte. Sofort schnellte ihre Zunge hervor und glitt über Hendriks Damm. Er zitterte. Die Stellung war anstrengend und unbequem. Sein Penis zuckte, Hendrik ächzte.

»Bitte, erlöst mich, Herrin«, keuchte er, doch Vanessa reagierte nicht darauf. Und solange sein Schaft abgebunden war, konnte er den Druck nicht loswerden.

»Bitte, Herrin, darf ich durch Eure Hand kommen?« Er hörte sich an, als würde er gleich in Tränen ausbrechen. »Bitte?« Er konnte anscheinend wirklich nicht mehr.

»In Ordnung«, sagte sie plötzlich liebevoll. »Du hast dir heute einen Orgasmus verdient.«

»Danke, meine Herrin, ich danke Euch vielmals.«

»Steh auf!«

Zitternd stellte er sich hin. Angie schaute gebannt zu, wie Vanessa die Lederschnur abwickelte. Hendrik kniff die Lider zusammen und stöhnte heftig. Sein Penis zuckte und milchige Flüssigkeit tropfte heraus.

Vanessa legte die Finger um seinen Schaft und führte ihn daran neben Angies Oberkörper. »Du darfst auf die Sklavin abspritzen, aber du kommst nur für mich. Verstanden?«

Er nickte und ein Lächeln zeigte sich auf seinem verschwitzten Gesicht.

Vanessa strich nur wenige Male über die Erektion, da schoss Hendriks Sperma hervor und landete warm und klebrig auf Angies Busen. Der fremde Saft auf ihr war erniedrigend, doch das schürte ihre Lust, während Jerome ihr zweites Bein spreizte und es so positionierte, als würde sie auf einem gynäkologischen Stuhl sitzen. Damit die Seile nicht einschnitten, versuchte Angie diese Stellung zu halten.

Ihr Meister musste das alles zuvor mit Vanessa besprochen haben, denn sie hatte ihn nicht gefragt, ob ihr Sklave das machen durfte. Was lief zwischen den beiden?

Vanessa strich über Hendriks Penis und drückte die Spitze zusammen, bis auch der letzte Tropfen herauskam.

»Danke«, hauchte er und sank gegen Vanessas Schulter.

Sie schloss die Augen, streichelte seinen Rücken. »Zuhause wirst du mir sofort ein Bad einlassen und mich ausgiebig massieren. Verstanden?«, sagte sie sanft.

»Ich tue alles für Euch, das wisst Ihr doch«, erwiderte er atemlos und lächelte selig. Dafür erntete er einen zärtlichen Kuss und liebevolle Blicke.

Die beiden zogen sich zurück. Während sich Vanessa auf Angies Regiestuhl ausstreckte und neugierig zu ihnen spähte, hockte sich Hendrik zu ihren Füßen hin und legte den Kopf auf ihren Schoß. Er sah erschöpft, aber glücklich aus.

Ein Schlag der Gerte traf Angie an ihrer verschnürten Brust und schickte neue Wellen der Pein durch sie. Sofort richtete sie den Blick auf Jerome. Er kniete zwischen ihren gespreizten Schenkeln. Seine Hose hatte er ein Stück heruntergelassen, sein harter Schwanz ragte ihr entgegen.

»Hier spielt die Musik, Sklavin!« Er beugte sich über sie und zog eine Nippelklemme ab, während er ihre Schamlippen massierte.

Angie schrie auf. Neue Tränen liefen über ihre Wangen, in ihre Ohren. Hektisch schnappte sie nach Luft. »Ich bin bei Euch, Herr!«

»Sicher?« Er machte auch die zweite Klammer ab, diesmal sachter.

Ihre Kiefer mahlten. Das zurückströmende Blut brachte ihre Brustspitzen zum Pochen und ein schmerzhaftes Ziehen raste durch ihre Nerven. Seine Finger auf ihrem Kitzler kreisten viel zu zärtlich, als dass sie davon einen Höhepunkt erleben könnte. Jerome hielt sie hin, dehnte Lust und Leid gleichermaßen aus.

Plötzlich rieb er seine Erektion in ihrer Spalte. »Du bist herrlich nass.« Und stieß in sie.

Angie bäumte sich auf. Endlich. Endlich war er in ihr, füllte sie aus. Dabei zog er an der Klammer, die er an ihrem Piercing befestigt hatte. Aber das reichte nicht, um zum Höhepunkt zu kommen. Angie brauchte mehr. Jerome sollte sich in ihr bewegen, sie stimulieren, doch er verharrte fast reglos.

»Bitte, Herr«, wisperte sie wie Hendrik zuvor.

»Bitte, was?« Er zog sich zurück, und Angie fühlte sich leer.

Jerome legte sich auf sie, erdrückte sie fast mit seinem Gewicht. Dennoch genoss sie es, ihn zu spüren. Mit den Zähnen schabte er über ihren empfindsamen Nippel, aber nur über den einen, der nichts von Hendriks Sperma abbekommen hatte.

»Meister!« Sie versuchte, sich an ihm zu reiben, wetzte ihren Po hin und her – vergebens. Jerome wich immer zurück.

Als sie wieder still lag, presste er seine dicke Eichel an ihren After. »Was möchtest du, was ich tue?«, fragte er an ihrem Ohr und verteilte mit seiner Penisspitze ihre Feuchtigkeit am Anus.

Angie drehte den Kopf. Seine schönen Lippen waren so nah. Sie sehnte sich nach einem langen, intensiven Kuss. »Bitte, schenkt mir einen Höhepunkt.«

»Hast du denn einen Höhepunkt verdient?«, fragte er, wobei er an ihrem Hals schnupperte. Vorsichtig durchbrach seine Spitze ihren Schließmuskel, dehnte ihn.

»Ja, das habe ich.« Sie hatte keinen Analsex mehr gehabt, seit er gegangen war, obwohl sie diese Praktik vermisst hatte. Doch dazu gehörte Vertrauen. Jerome wusste, wie sie es mochte, wusste, dass er zu Beginn nicht zu tief in sie stoßen durfte.

Sie genoss, wie er sie füllte, aber sie brauchte mehr. »Bitte, Meister. Bitte schenkt mir einen Höhepunkt.«

Jerome setzte sich auf und hob ihre Hüften an, damit er besser in sie kam, ja, er hob ihren ganzen Unterleib hoch.

Sanft nahm er sie und ging dabei auf die Knie. Schweiß glitzerte auf seiner Stirn und in den Tropfen spiegelte sich das Licht der Scheinwerfer. Seine Lider waren halb geschlossen, den Kopf hatte er in den Nacken gelegt, die Lippen leicht geöffnet. Leise stöhnte er und genoss offensichtlich die Enge.

Wie losgelöst er aussah. Diesen Anblick hatte Angie genauso vermisst wie seinen Schwanz in ihr. Er fühlte sich hart an, stark, mächtig und männlich. Alles an Jerome war männlich, gebieterisch.

Ihre inneren Muskeln zogen sich zusammen.

»Vanessa«, sagte er schwer atmend, »was meinst du? Soll ich meiner Sklavin einen Orgasmus gewähren?«

Vanessa stand auf und ging zu ihnen, Hendrik trabte hinter ihr her. »Hm.« Sie tippte sich ans Kinn. »Von deiner Hand hat sie vielleicht keinen Höhepunkt verdient.«

Angies Herz sank.

»Aber«, setzte Vanessa hinzu, »sie hat tolle Arbeit geleistet und sogar private Fotos für mich gemacht. Insofern könnte ich mich revanchieren und ihre süße Pussy streicheln.«

Ihr Inneres verkrampfte sich vor Lust. Vanessa war nicht Jerome, aber mittlerweile war ihr alles recht, um endlich erlöst zu werden, und solange ihr Meister dabei zusah, war alles gut.

Er nickte, löste sich nicht, sondern blieb in ihr. »Okay. Und geh nicht zu sanft mit ihr um.«

»Gewiss nicht«, sagte sie zwinkernd, bückte sich unter dem Seil und Angies Fuß hindurch und kniete sich neben sie. Hendrik blieb neben ihrem Bein stehen.

Vanessa entfernte die Klammer an ihrer Klitoris, woraufhin Angie nach Luft schnappte. Das schmerzhafte Pochen hielt ihren Erregungslevel oben. Wie lange sollte das noch so gehen?

Vanessa streichelte mit den Fingerspitzen über ihre Schamlippen. »Sie hat ein hübsches Fötzchen, deine Sklavin.«

»Das schönste und gierigste«, antwortete ihr Meister und lächelte sie an. Es war ein ehrliches Lächeln, das Angie einen Seufzer entlockte.

Sie jubelte innerlich. Sein Lächeln ging ihr durch und durch. Sie konnte nicht den Blick von ihm abwenden, denn er sah im Schein der Lichter atemberaubend aus. Dämonisch. Seine grünen Augen leuchteten.

Während er fester und tiefer in ihren Anus stieß, zog Vanessa ihre Schamlippen auseinander und nahm den Kitzler zwischen zwei Finger. Angie genoss den sanften Druck und stöhnte auf. Niemals zuvor hatte eine andere Frau sie dort berührt. Es erregte sie, weil es Jerome offensichtlich gefiel. Er starrte auf ihre gespreizte Mitte, während Vanessa sie massierte.

Auch Hendrik stierte auf ihre Spalte. Er beobachtete genau, was seine Herrin mit ihr machte.

Ihre Klitoris pulsierte gegen die Finger der fremden Herrin. Vanessa legte eine freie Hand auf ihre pralle Brust und zwickte in den Nippel, gleichzeitig kniff sie in ihren Kitzler.

Angie bäumte sich auf. Sie brannte vor Lust. Innen und außen. Alles klopfte und pochte, das Blut rauschte so laut in ihren Ohren, dass sie Jeromes Keuchen kaum mehr wahrnahm. »Darf ich kommen, Meister?«, brachte sie mühsam hervor. »Bitte.«

Ihr After brannte leicht, weil Jerome sie immer fester nahm, aber dieses Brennen, gemischt mit Vanessas Berührungen und den feurigen Spuren, die der Flogger auf ihrer Haut hinterlassen hatte, turnten sie ungemein an. Ihr Körper wurde von diesen zwei Doms benutzt und abgegriffen. Sie spielten mit ihr, taten, wie es ihnen beliebte, ohne dass sie sich wehren konnte. Jeromes Anwesenheit gab ihr Sicherheit.

»Meister … bitte!« Sie konnte ihren Orgasmus kaum noch zurückhalten, während seine Beherrschung eine Auszeichnung verdient hätte. Jede Nervenfaser vibrierte, glühende Lava schoss durch ihre Adern und entflammte jeden Winkel ihres Leibes. Ihre inneren Muskeln verkrampften sich. »Bitte!«

»Komm für mich, Sklavin«, befahl Jerome schwer atmend. »Jetzt!«

Sie ließ sich fallen, genoss Vanessas harten Griff an ihrer Brust, das intensive Reiben der Klitoris und wie Jerome ihren After penetrierte, immer tiefer und härter. Ihr Orgasmus wütete wie ein Tornado, fegte von ihrem Unterleib über den restlichen Körper und explodierte in ihrem Kopf. Angie hörte sich gedämpft schreien; das grüne Palmendach drehte sich, das erlösende Gefühl ließ sie fliegen. Die Welle riss sie fort, während auch Jerome so weit war und mit einem »Ich spritze alles tief in dich, gierige Sklavin« in ihr kam.

Danach vernahm sie nur noch ihre Atmung und das hektische Klopfen ihres Herzens. Die Augen geschlossen, ruhte sie sich aus. Die Fesseln wurden entfernt, auch um ihre Brust, aber sie blieb liegen. Sie streckte die Beine aus, entspannte sich und genoss die Nachwehen, die durch ihren Körper pulsierten, während Jerome sie anhob, um die Seile unter ihrem Rücken hervorzuholen.

Vanessa erklärte ihrem Sklaven, dass sie sich die Hände waschen ging und sie danach aufbrechen würden.

Und Jerome? Angie blinzelte. Er hatte seine Hose hochgezogen, rollte die Seile zusammen und verstaute sie in den Stoffbeuteln, dann schaltete er einen Strahler aus, den anderen richtete er auf den Weg, sodass ihr Platz im Halbdunkel lag.

Angie sank zurück in ihre Lethargie und blinzelte erst wieder, als Vanessa und Hendrik von den Toiletten zurückkamen. Vanessa trug nicht mehr ihre Armeekleidung, sondern Jeans und ein enges Oberteil; ihr Sklave war wieder zu ihrem Liebsten geworden, denn er hatte ebenfalls seine normale Kleidung an. Die beiden grinsten wie verliebte Teenager und gingen Hand in Hand durchs Gewächshaus. Vanessa warf ein Küsschen in ihre Richtung, winkte ihr zum Abschied und verschwand mit Jerome und Hendrik.

Angies Pulsschlag, der sich gerade erst beruhigt hatte, legte erneut an Tempo zu. Wohin ging ihr Meister? Aber dann sah sie den Schlüsselbund in seiner Hand. Ihren Schlüsselbund. Natürlich, er musste die beiden herauslassen.

Sie sank zurück, schloss die Augen, döste vor sich hin und riss die Lider erst wieder auf, als sie die vertrauten Geräusche ihrer Kamera hörte. Jerome machte Fotos von ihr!

»Bleib so liegen, meine hübsche Sklavin. So möchte ich dich einfangen. Benutzt, gevögelt, die Schamlippen nass und geschwollen.« Er machte ein Bild von ihrer Muschi in Nahaufnahme. »Deine Brüste, deine Lippen – ebenfalls gerötet und geschwollen. Wunderschön.« Er schoss auch davon Bilder.

Angie war zu erledigt, um sich zu wehren. Aber zufrieden.

Als Jerome jedoch ihre Füße an ihren Körper drücken wollte, um wirklich von jeder Körperöffnung ein Bild zu bekommen, wurde es ihr zu bunt. Sie setzte sich auf, nahm ihm die Kamera weg und legte sie auf die Decke.

Jerome bekam große Augen und seine Mundwinkel zuckten. »Immer noch nicht gut genug erzogen, ts.«

»Komm endlich her«, sagte sie und zog ihn zu sich.

Er schmiegte sich an sie und streichelte ihren Rücken, während sie unter sein Shirt fuhr, um ihn ganz innig zu spüren. Tief atmete sie seinen vertrauten Duft ein.

Obwohl Angie erledigt war, musste sie Jerome die ganze Zeit ansehen. »Wieso bist du hergekommen, wenn du schon bald wieder fliegst? War das die Überraschung, die du auf der Karte angekündigt hast?«

»Hmm.« Er legte eine Hand in ihren Nacken, um ihren Kopf näher zu holen. »Ich hab dich höllisch vermisst«, sagte er an ihren Lippen, bevor er sie küsste.

Der Geschmack seines Mundes vernebelte ihre Sinne, seine Nähe war wie eine Sucht. Angie konnte es nicht aufhalten und brach in Tränen aus.

Ich habe dich auch höllisch vermisst, dachte sie, erleichtert über seine Worte. Überglücklich und stürmisch erwiderte sie seine Zärtlichkeiten, die ihr in den letzten Monaten wahnsinnig gefehlt hatten. Sie schmeckte Jerome und das Salz ihrer Tränen.

»Aber du fliegst schon wieder?«, fragte sie zwischen ihren Küssen.

Mit den Daumen wischte er ihr die feuchten Spuren von den Wangen. »In zwei Tagen. Die Band macht eine kurze Pause, bevor die zwei letzten Tourneewochen beginnen.«

»Wieso quälst du mich so, wenn du doch wieder gehst?«

»Ich …« Er senkte den Blick. »Ich musste wissen, ob du noch frei bist und keinen neuen Herrn hast. Ich bin in Kontakt mit Vanessa und anderen von unserem Stammtisch geblieben, um sie über dich auszuhorchen.«

Was sollte das alles?

»Ich hätte es nicht ertragen, wenn du …« Er räusperte sich. »Ich *habe* es nicht ertragen, als ich hörte, dass du dich mit anderen vergnügst.«

Das aus seinem Mund zu hören war äußerst zufriedenstellend. »Warum hast du überhaupt Schluss gemacht?«

»Tja, warum …« Er seufzte und sah ihr direkt in die Augen. »Ich war nicht ganz ehrlich zu dir.«

Ihr Magen zog sich zusammen. Was kam denn jetzt noch?

»Ich hatte vor, für immer nach Amerika zu gehen, und wollte nicht, dass du mitkommst.«

»Was?« Sie konnte kaum sprechen. »Warum?« Für einen Moment hatte sie geglaubt, er würde sie wirklich lieben, doch jetzt fraß sich der Schmerz durch ihren Magen, ihre Seele.

Hatte er eine andere?

Zärtlich streichelte er ihr über das Gesicht. »Du hast dir hier eine Existenz aufgebaut. Die wollte ich dir nicht nehmen.«

Jetzt verstand sie nichts mehr.

»Ich bekam ein einmaliges Angebot von Omni-PR«, sagte er.

Oh mein Gott, das war eine der größten Werbeagenturen der USA!

»Erst die Tour zu fotografieren und falls sie mit meiner Arbeit zufrieden wären, eine Festanstellung.« Jerome machte eine Pause, als schien er nachzudenken, und Angie hätte ihn am liebsten gerüttelt.

»Es war klar, dass ich mindestens zwei Jahre weg sein würde und ich wollte nicht, dass du mit mir kommst, weil du hier alles hättest aufgeben müssen, deinen Traum, für den du so lange gekämpft hast. Das wollte ich nicht. Nicht für mich.«

»Jerome …« Weinend fiel sie ihm um den Hals. Fotograf für eine so große Agentur – das war gigantisch! »Du bist so dumm. Ich hätte alles für dich aufgegeben.«

»Sag so was nicht.« Fest zog er sie an sich. »Das hätte ich nicht gewollt.«

»Ich wünschte, du wärst nie zurückgekommen, um mir das zu sagen.« Das machte alles nur schlimmer.

»Das verstehe ich. Doch ich musste zurückkommen.« Er drückte sie von sich und zwang sie, ihn anzusehen, indem er ihr Kinn festhielt. »Ich habe eine Entscheidung gefällt. Meine Probezeit ist bald zu Ende, die Fotos der Tour haben den Geschmack der Agentur getroffen und sie möchte mich fest einstellen. Doch falls du deinen alten Meister noch willst, würde ich nach München zurückkommen.«

»Was?« Sie musste sich verhört haben. Er gab seinen Traumjob auf, um bei ihr zu sein?

Er räusperte sich erneut und blickte an ihr vorbei. »Und ich müsste eine Weile bei dir wohnen, denn mein Apartment hatte ich gekündigt.«

»Jerome …« Ihr Kloß im Hals war so dick, dass sie nicht sprechen konnte. Und sie wusste auch nicht, was sie dazu sagen sollte. Er tat genau das, was er nicht von ihr fordern wollte. »Das ist gemein, so etwas zu fragen. Natürlich möchte ich dich.«

Sein selbstgefälliges Lächeln brachte auch sie zum Schmunzeln, doch dann wurde sie wieder ernst. »Aber wie kann ich das von dir verlangen?«

»Kannst du nicht. Du musst meine Entscheidung akzeptieren. Ich bin hier der Meister, schon vergessen?«

»Du verrückter Kerl!« Sie rollte sich auf ihn und umarmte ihn fest. »Ja, ich nehme dich zurück.«

Seine Augen funkelten vergnügt. »Dein Glück, denn sonst hätte ich dich so lange gefoltert, bis du ja gesagt hättest.«

Erneut küssten sie sich, diesmal wilder als zuvor. Sie fühlte sich pudelwohl auf seiner breiten Brust und ihn schien es nicht zu stören, dass sie von oben bis unten verklebt war.

Angie küsste ihn auf die Nasenspitze. »Und was willst du hier machen? Wieder in deinen alten Job zurück?« Er hatte für diverse Mode- und Lifestyle-Magazine Aufnahmen gemacht.

»Ich kann für die Agentur ein paar Aufträge in Deutschland übernehmen. Sie brauchen immer mal wieder Leute hier. Ich werde zwar nicht ganz so viel verdienen wie in Amerika, dafür habe ich mehr Zeit für meine Sklavin.«

»Das hört sich wundervoll an, Meister«, sagte sie und kam sich erneut wie die Prinzessin aller Sklavinnen vor.

Verteufelte Lust

»Heute entkommst du mir nicht«, murmelte Bane in die Dunkelheit, während er mit dem Finger einen mannsgroßen Kreis auf die Felswand zog. Es roch nach Ozon und knisterte, als sich ein Ring aus blauem Feuer auf dem Stein materialisierte. Gleich einem Wurmloch öffnete sich das Dämonenportal auf einer Plakatwand, die sich auf dem Marienplatz befand. Der Geruch von Essen und Stimmengewirr zahlreicher Passanten schlugen ihm entgegen. Er zwinkerte, um sich an das Licht auf der Erdoberfläche zu gewöhnen, und schritt durch das Tor. Augenblicklich schloss es sich hinter ihm. Er stand am Rande des Stroms vorbeieilender Menschen, im Herzen von München. Vor ihm ragte ein gigantisches graues Gebäude auf: das Rathaus. Das alte Bauwerk würde mit seinen zahlreichen Erkern und Türmchen, Steinfiguren und Gargoyles ein schönes Gruselschloss abgeben. In seinen hohen Fenstern spiegelten sich graue Wolken.

Keiner sah Bane, keiner beachtete ihn. Kein menschliches Auge konnte ihn oder sein Dämonentor erblicken, wenn er es nicht wollte.

Lässig vergrub er die Hände in den Jeans und starrte in den trüben Himmel. Die Zeit war beinahe gekommen. »Heute bist du fällig, Vögelchen.«

***

Ariella breitete ihre Schwingen aus und genoss das kribbelnde Gefühl, das die Luft verursachte, die durch ihre Federn strich. Sie flog – für Menschen unsichtbar – über den Englischen Garten und hielt nach Unruhestiftern Ausschau. Da es leicht regnete und ein kühler Herbstwind wehte, befanden sich nicht viele Leute in der Parkanlage.

Eine alte Frau ging mit ihrem Pudel spazieren, der ein herabfallendes Blatt anbellte, und ein Jogger drehte seine vormittäglichen Runden. Jugendliche lungerten am Chinesischen Turm herum, verhielten sich aber friedlich, daher flog Ariella weiter über die große Anlage, in Richtung Innenstadt.

Dank einer unsichtbaren Aura, die sie wie ein Schutzschild umgab – wenn sie es so wollte –, wurde sie nicht nass, und obwohl sie nur eine legere Stoffhose und ein Bustier trug, fror sie nicht. Engel froren niemals – egal, ob sie in einer menschlichen Hülle steckten, wie sie, oder feinstoffliche Erscheinungen waren.

Ariella war eine Wächterin, eine Engelspolizistin, und kam gerade von der allmorgendlichen Einsatzbesprechung im Hauptquartier. Ihr war ein bestimmtes irdisches Gebiet zugeteilt, in dem sie für Ordnung sorgen musste. Ihr Areal lag in München, zwischen Isartor und Stachus sowie Viktualienmarkt und Nationaltheater. Dämonen und anderes Gesindel versuchten stets, das Gleichgewicht der Mächte aus dem Lot zu bringen. Das galt es zu verhindern.

Ariella wollte den Englischen Garten an der Reitanlage verlassen, bei der sich im Sommer die Nackten tummelten. Wie jeden Tag segelte sie hinab zum Eisbach, um ihr Spiegelbild auf der glatten Oberfläche zu betrachten. Sie fand Gefallen an den sündhaften Kurven und ihrem rotblonden Haar, das um ihr Gesicht wehte.

Tief inhalierte sie den Duft von Herbstlaub und nassem Gras, bevor sie lachend in den grauen Himmel emporschoss und eine Runde über dem Hofgarten drehte. Auch hier war alles friedlich. Zu friedlich. Ariella traute der Ruhe nicht. Sie spürte es in ihren Federspitzen, dass Unheil bevorstand.

Schließlich landete sie auf dem alten Rathaus, von dem sie einen wunderbaren Blick auf die Frauenkirche mit ihren charakterlichen Zwiebeltürmen hatte. Unter ihr lag der Marienplatz, der den Mittelpunkt der Fußgängerzone bildete. Hier war immer etwas los, egal wie schlecht das Wetter sein mochte, denn ein Geschäft reihte sich an das andere. Dieses Fleckchen war schon im Jahre 1158 die urbane Mitte Münchens gewesen, nachdem der Welfe »Heinrich der Löwe« die Stadt gegründet hatte. Damals war Ariella noch kein Engel gewesen, das war sie erst seit fünfzig Jahren. Somit zählte sie zu den Frischlingen. Den Wächterposten hatte sie erst seit drei Jahren inne, nachdem sie vor dem Hohen Rat zahlreiche Prüfungen absolviert hatte. Leider hatte sie nicht mit Bravour bestanden, sondern es mit Ach und Krach geschafft. Als Jungengel erinnerte sie sich noch zu sehr an das Leben als Mensch und an die Schwächen, die dieses Dasein mit sich brachte. Das hatte die Prüfungen erschwert. Aber nun war sie hier und würde dem Hohen Rat beweisen, dass sie ihren Job ordentlich machte.

»Wo seid ihr, elende Bagage?«, murmelte sie.

Lautes Glockenschlagen ließ sie nach rechts sehen. Dort stand das Neue Rathaus, ein riesiger Komplex aus Back- und Muschelkalkhaustein, in dem der Oberbürgermeister seinen Sitz hatte. Das graue Gebäude im neogotischen Stil war ein prächtiges Bauwerk. Hundert Meter maß die reich geschmückte Hauptfassade, die zum Marienplatz zeigte. Sie stellte den Welfenherzog und fast die gesamte Linie des Wittelsbacher Herrscherhauses dar. Außerdem gab es Wasserspeier in Form von Fratzen und Themen aus dem Leben von Heiligen sowie volkstümliche Sagengestalten zu entdecken, die alle als Steinfiguren das Bauwerk schmückten.

Die Spitze des 85 Meter hohen Rathausturms krönte das Münchner Kindl. Etwas tiefer befand sich das fünftgrößte Glockenspiel Europas. Es ertönte täglich um elf Uhr und zu anderen festen Zeiten, und das seit über hundert Jahren. Die 43 Glocken der mechanischen Uhr spielten nacheinander vier verschiedene Melodien ab. Dazu tanzten 32 Figuren den Schäfflertanz. Es wurde sogar ein Ritterturnier gezeigt. In den Erkern des siebten Turmgeschosses tauchte ein Nachtwächter auf, der auf seinem Horn blies, sowie ein Engel, der das Münchner Kindl segnete.

Ariella liebte das Glockenspiel und versuchte, keine Vorführung zu verpassen. Aber nicht, um den Figuren zuzusehen, sondern weil sie in die strahlenden Gesichter der Besucher blicken wollte, die das Schauspiel zum ersten Mal betrachteten. Das erfüllte sie mit Freude.

Sie hatte ja sonst nicht viel zu lachen. Unermüdlich – sie musste als Engel nicht schlafen – bewachte sie ihren Bezirk und die Menschen, die sich darin aufhielten. Im Moment stresste ihr Job sie besonders, denn ausgerechnet die fünf Kinder des Teufels hatten seit Neustem München zu ihrem Spielplatz erkoren: drei Dämonenbrüder und ihre beiden Schwestern. Ariella kannte ihre Gesichter von Steckbriefen. Sie wurden als besonders gefährlich eingestuft.

Da die fünf oft gemeinsam unterwegs waren, konnte Ariella nicht viel gegen sie ausrichten. Immer, wenn sie Verstärkung anforderte, waren sie verschwunden, bevor die Engel eintrafen. Genau wie Ariella ihre düstere Präsenz spürte, konnten diese ebenso ihre himmlische Macht fühlen, wenn sie sich in der Nähe aufhielt.

Plötzlich lief ihr ein Schauder über die Wirbelsäule. »Wenn man an den Teufel denkt ...«, murmelte sie, als sie den jüngsten im Bunde entdeckte: Bane. Der schwarzhaarige, groß gewachsene Dämon stiftete schon wieder Unruhe, während die Zuschauer durch das Glockenspiel abgelenkt waren. Ariella hatte den Kerl bereits mehrfach verwarnt. Heute würde sie keine Gnade mehr walten lassen, sondern ihn ein für alle Mal in die Schranken weisen.

Ihr Magen ballte sich zusammen. Bisher hatte sie noch nicht viele Dämonen getötet, zumindest keine so attraktiven und erst recht nicht ein Kind des Teufels. Was sie ohnehin nicht durfte. Das würde ein enormes Nachspiel geben. Der Herrscher der Unterwelt würde sämtliche Geschütze auffahren und einen Krieg anzetteln. Ariella musste sich etwas anderes einfallen lassen, bloß was?

Sie schaute sich um und konzentrierte sich, versuchte, mit ihrem guten Gehör aus der Vielzahl der Stimmen die der dämonischen Geschwister herauszufiltern. Was ihr nicht gelang, da die anderen vier wohl nicht hier waren.

Ariella atmete auf. Sie sah lediglich Bane, der durch die Passanten huschte und sie ärgerte. Ihnen die Brieftaschen stahl, sie anschubste oder ein Bein stellte, während sie wegen des faszinierenden Glockenspiels abgelenkt waren.

Wenn Dämonen Ärger heraufbeschworen, erzeugte das negative Energien, von denen sie sich nährten. Am liebsten raubten sie Menschen jedoch Seelenenergie. Das gab ihnen am meisten Kraft. Diese brauchten sie, um Magie anwenden zu können oder Portale zu erzeugen, durch die sie überall hinreisen konnten.

Bane, dieser Bastard, hatte gewiss keine Probleme, an Seelenenergie zu kommen. Er ließ lediglich seinen teuflischen Charme spielen oder betörte die Menschen allein mit seinem Aussehen, sofern er sich ihnen zeigte. Er war groß, schlank, besaß kurzes dunkles Haar und die blausten Augen, die sie je gesehen hatte. Seine Lieblingsfarbe war, wie sollte es auch anders sein: schwarz. Er trug Jeans und T-Shirt, denn er fror ebenfalls nicht. Seine engen Hosen saßen ihm tief auf den Hüften und betonten auf geradezu obszöne Weise, was er darunter verbarg. Nur der Sohn des Teufels konnte einen so heißen Knackarsch haben. Alles an ihm war düster und sexy und sein Bartschatten unterstrich diesen Eindruck. Optisch entsprach er einem Menschen von etwa dreißig Jahren, genau wie sie. Da würde sogar sie schwach werden – wäre sie noch eine richtige Frau.

Mist, sie war eine richtige Frau, zumindest steckte sie in einem Frauenkörper, der fast dieselben Reaktionen zeigte wie bei einer Sterblichen. Was es schwer machte, den verbotenen Versuchungen zu widerstehen. Aber ein richtiger Körper – auch wenn dieser nicht essen und schlafen musste – war bei ihrer Arbeit unabdingbar. Manchmal musste sie sich den Menschen zeigen und da konnte sie nicht als feinstoffliches Wesen auftreten. Die einen würden sie für einen Geist halten und andere versuchen, sie einzufangen. Auch wenn heutzutage die wenigsten an übernatürliche Erscheinungen glaubten, gab es jene, die sie bestimmt auf dem Seziertisch haben wollten.

Ariella erschauderte und breitete seufzend ihre Schwingen aus. Vielleicht half ein Schuss vor den Bug, um den Schönling zu stoppen. Mit Worten würde sie bei ihm jedenfalls nicht weiterkommen.

Kurz bevor sie sich vom Dach abstieß, bemerkte sie verärgert, wie er ein vielleicht siebzehnjähriges Mädchen anlachte, für das er sich sichtbar gemacht hatte. Wie hypnotisiert folgte ihm die Kleine über den Marienplatz.

Ariellas Herzschlag beschleunigte sich. Wo wollte er mit ihr hin? Er lief mit ihr zur U-Bahn-Station!

Sie jagte den beiden aus der Luft hinterher und schoss geradewegs die Treppen zum Untergrund hinab in eine Zwischenetage, in der es hauptsächlich Ticketschalter gab sowie Zugänge zu den darüberliegenden Kaufhäusern. Knapp flog sie über die Köpfe der Menschen hinweg, die vor einem Backshop standen.

Ariella landete an einer Stelle, an der sich weniger Leute aufhielten, und ließ ihre mächtigen Schwingen im Körper verschwinden. Spurlos zogen sie sich zurück. Nun kam sie besser voran, ohne jemanden anzurempeln.

Bane schaute sich immer wieder um. Natürlich spürte er ihre Nähe, aber es kam ihr so vor, als wollte er, dass sie ihm hinterhereilte.

Er drückte das Mädchen in einen Fotoautomaten und schloss den Vorhang. Ariella sah nur ihre Beine. Anscheinend presste er die Kleine gegen die Wand.

Ariella riss den Stoff zur Seite, worauf sich erneut Wut in ihrem Magen zusammenbraute. Die junge Frau schmolz regelrecht in seinen Armen, während er sie küsste. Stöhnend vergrub sie die Finger in seinem Haar. Offensichtlich stand Bane kurz davor, ihr die Seele auszusaugen!

»Pfoten weg, Dämon!« Sofort riss sie die Frau von ihm los. Diese machte einige taumelnde Schritte, schüttelte verwirrt den Kopf und eilte davon, zurück zu den Menschen, die tiefer hinunter zu U- und S-Bahn strömten.

Bane zwinkerte Ariella zu und steckte die Hände in die Hosentaschen. »Eifersüchtig?«

»Ständig«, erwiderte sie kühl, doch ihre Beine zitterten. Verdammt, wieso sah er so unverschämt gut aus?

Gerade, als sie ihm die Leviten lesen wollte, drückte er sich an ihr vorbei und rannte die Rolltreppen hinauf.

Ariella folgte ihm auf den Fersen. So schnell entkam er ihr nicht. Sie ließ ihre Schwingen hervorbrechen und erhob sich in die Luft. Knisternd materialisierte sich ein Energiegeschoss in ihrer Hand. Es war ein grell leuchtender Blitz, den sie Bane vor die Füße schleudern wollte, um ihn zum Stehen zu zwingen. Der Blitz würde ihn verletzen, aber Dämonen regenerierten sich recht schnell. Zuverlässig ließen sie sich nur töten, wenn man ihr Kleinhirn zerstörte.

Ariella bekam keine Chance, das Geschoss abzufeuern, da sich Bane immer dort aufhielt, wo die meisten Menschen gingen. Sie verfolgte ihn über den Marienplatz in die Weinstraße, dort schlug er einen Haken und verschwand zwischen zwei Häuserreihen in der Sporerstraße, einer engen Gasse, die zu einem kleinen Platz hinter der Frauenkirche führte.

Wieso warf Bane kein Geschoss auf sie? Er hätte freie Bahn.

Alles in ihr schrie »Vorsicht!«. Ariella verharrte in der Luft.

Nicht einmal außer Atem lehnte er an dem riesigen Backsteinbau und grinste frech. Die Frauenkirche, die korrekt »Dom zu Unserer Lieben Frau« hieß, stellte das Wahrzeichen Münchens dar und war die Kathedralkirche des Erzbischofs von München und Freising. Kein Dämon konnte das Gemäuer einer Kirche unbeschadet berühren, doch Bane schien keine Schmerzen zu haben.

Irgendetwas stimmte hier ganz und gar nicht.

»Da ist ja mein Vögelchen«, sagte er lächelnd, während sie in etwa drei Metern Höhe vor ihm in der Luft schwebte. Kein Mensch war zu sehen. Als würden sie diesen Ort meiden. Normalerweise saßen stets zahlreiche Gäste vor dem Café neben der Kirche, doch heute waren die Stühle leer. Unbewusst spürten sie vielleicht das Böse. Oder hielt Bane sie absichtlich fern?

»Vögelchen?« Sie schnaubte und warf ihren Blitz vor seine Füße.

Bane zuckte nicht einmal mit der Wimper. Der Kerl war sich ja ziemlich sicher, dass sie ihm nichts tun würde. Das steigerte ihren Frust. Sie würde ihm zeigen, dass so ein Papa-Bubi nicht ungeschoren davonkam!

»Mehr hast du nicht zu bieten, Vögelchen?«, fragte er in einem spottenden Ton und grinste unverschämt.

Rasend vor Wut stürzte sie auf ihn zu. Da sie ihre Landung kaum abbremste, prallte sie gegen Banes Körper. Ziegelstückchen splitterten von der Wand, und sie presste dem Dämon sämtliche Luft aus den Lungen, doch selbst das schien ihn wenig zu beeindrucken. Rasch legte er die Arme um sie, obwohl Ariella ihm den Blitz an den Hals drückte. Bane zeigte keine Angst.

Sie hätte große Lust, ihm das selbstgefällige Grinsen aus dem Gesicht zu brennen, doch seine Nähe raubte ihr den Atem. Sie konnte kaum sprechen, weil er seine Finger durch ihr Federkleid gleiten ließ. Leider fühlte sich das hervorragend an. Glühende Hitze durchströmte ihren Körper.

Dämonischer Verführer, dachte sie und ritzte mit dem Blitz seine Haut.

»Autsch«, meinte er trocken. Ein feines Rinnsal Blut lief an seinem Hals herab. »Das war aber nicht nett.«

Erschrocken starrte sie auf die rote Spur. Warum fiel es ihr so schwer, ihn verletzt zu sehen? Er war ein Dämon, ihr Erzfeind!

Sie atmete auf, als sich die Wunde schloss. Nicht mal eine Narbe blieb zurück. Das holte sie aus ihrer Trance. Ihr wurde bewusst, dass er schon die ganze Zeit versuchte, irgendetwas aus seiner Hosentasche zu holen, während er mit der anderen Hand weiterhin durch ihre Schwingen fuhr, als wüsste er genau, wie er sie ablenken konnte.

»Verdammt«, murmelte er, »wo ist nur …«

»Au!«, schrie sie und taumelte zurück. Der Schuft hatte ihr eine Feder herausgerissen!

Triumphierend hielt er sie über den Kopf und rannte los, um die Kirche herum.

Jetzt hatte sie wirklich genug von seinen Mätzchen. Sie folgte ihm und ließ ihre Flügel verschwinden. Bisher hatten sie sich nur aufgewärmt. Jetzt würde sie dem Kerl den Allerwertesten aufreißen.

Damit ihre Schwingen ungehindert hervorbrechen konnten, ohne das Kleidungsstück zu ruinieren, trug sie nur dieses Bustier, dessen Rückenträger wie ein umgedrehtes Y aussahen. Ariella kannte zwar keine Scham, sollte sie sich nackt zeigen, aber sie wollte die Dämonen keinesfalls provozieren.

Sie hatte die schaurigsten Geschichten über Unterweltler gehört, die es geschafft hatten, Engel zu überwältigen. Besonders Halbengel waren sehr begehrt, da sie eine Seele besaßen, die sich immer wieder regenerierte. Dämonen konnten sich an so einem Engel über Jahrhunderte laben.

Nur gut, dass sie kein solcher Halbengel war. Diese Wesen, hervorgegangen aus einer Vereinigung von Mensch und Erzengel, stellten eine große Gefahr für das Gleichgewicht der Mächte dar.

Alarmiert durch dieses Wissen, klopfte ihr Herz heftig. Bane benahm sich zu seltsam.

Vor Überraschung keuchte sie auf, als er die schwere Tür der Frauenkirche öffnete und im Inneren verschwand. Das war unmöglich! Ein heiliger Ort war jedem Dämon verwehrt!

Obwohl es nach Falle roch, folgte sie ihm, blieb jedoch an der Schwelle stehen.

Der riesige Innenraum war hell und einladend. Zweiundzwanzig weiße Säulen, die sich paarweise gegenüberstanden, gliederten den Raum in drei Schiffe; dazwischen erstreckten sich Sterngewölbe in schönster spätgotischer Manier. Der Boden war von einem Rautenmuster bedeckt, bestehend aus grauen und rötlichen Steinen.

Bane hielt sich im Eingangsbereich auf, ihr zugewandt, machte grinsend einen Schritt rückwärts und – war verschwunden!

Sie zwinkerte. Hatte er sich unsichtbar gemacht? Ariella fühlte in sich hinein. Sie spürte keine dämonische Präsenz. Er war weg! Dort, wo er zuletzt gestanden hatte, sah die Bodenplatte anders aus. Ariella eilte zu ihr. Sie war weder grün noch rot, sondern beige. In ihrer Mitte befand sich ein schwarzer Fußabdruck, der an der Ferse einen Sporn besaß.

Erschrocken wich sie zurück.

Der Teufelstritt!

Ihr fiel es wie Schuppen von den Augen. Eine Sage rankte sich um diesen Fußabdruck, doch Ariella wusste: Diese Geschichte war wahr. Sie hatte während ihrer Wächterausbildung davon gehört. Die Stelle des Tritts markierte den Punkt, von dem aus vom 17. bis ins 19. Jahrhundert hinein keine Fenster zu sehen waren, da damals der Hochaltar das Chorfenster verdeckte. Zu dieser Zeit entstand die Legende. Der Teufel war nach Fertigstellung in die Kirche gegangen, bevor sie geweiht wurde, um sie zu zerstören. Weil er nur am Eingang gestanden hatte, sah er die Fenster nicht, weil diese von den Säulen verdeckt wurden. Vor Freude stampfte er auf dem Boden auf – der Teufel hatte sein Mal hinterlassen. Triumphierend verließ er das Gotteshaus, da er glaubte, kein Mensch würde eine fensterlose Kirche betreten.

Nach der Weihung strömten die Menschen jedoch in Massen hinein und er sah von außen die Fenster. Vor Wut verwandelte er sich in einen Orkan und versuchte, das Bauwerk zum Einsturz zu bringen – was ihm nicht gelang. Der Sage nach, stürmte heute noch der eine oder andere seiner Gesellen um das Gotteshaus herum.

Diese Gesellen waren seine Kinder!

Ariella beeilte sich, aus der Kirche zu kommen. Wie hatte sie das nur vergessen können? Wenn die Kinder des Teufels den Fußabdruck berührten, gelangten sie direkt in die Unterwelt. Bane holte sicher Verstärkung!

Sie zog die Tür auf, trat auf die Straße und wollte eben ihre Flügel hervorbrechen lassen, als sie von hinten gepackt wurde.

»Gut, dass du noch hier bist, Vögelchen. Ich hab nur schnell was geholt.«

Bane! Er musste irgendwo hier draußen ein Portal erschaffen haben. Fest drückte er seine Hand in ihren Nacken und presste nun ihre Gestalt gegen die Außenmauer.

Ariella sackte in seinen Armen zusammen. Ihre Knie zitterten, sämtliche Kraft wich aus ihr. Was hatte er mit ihr gemacht? Normalerweise waren Engel und Dämonen gleich stark, doch jetzt waren ihre Fähigkeiten verschwunden! Sie konnte keinen Blitz erzeugen oder sich auflösen. Irgendwas hatte er in die Kuhle an ihrem Nacken gedrückt, dort wo die Wirbelsäule im Schädel verschwand. Liebe Güte, das blockierte ihre mentale Erregungsleitung, durch die ihre Befehle an den Körper weitergegeben wurden!

Passanten gingen an ihnen vorbei in die Kirche, ohne sie zu beachten. Da sie beide für Menschen unsichtbar waren, konnte ihr niemand helfen. Wie auch – kein Mensch konnte es mit einem Dämon aufnehmen.

Zum ersten Mal seit Langem verspürte sie Angst. Woher kannte dieser Kerl die einzige Schwachstelle, die Engel besaßen? Damit könnte er sie alle vernichten! Wenn sein Vater, der Herrscher der Unterwelt, davon erfuhr … Vielleicht wusste er längst Bescheid und plante einen Vernichtungsschlag?

Sie musste weg, die anderen warnen! Aber sie war wie gelähmt.

Bane presste sich an sie, ihre Stirn sackte an seinen Hals. Sie roch diesen teuflisch guten Duft, den er verströmte. Unheilvoll war er, dunkel und sexy. Hastig wollte sie von ihm abrücken, doch sie vermochte bloß den Kopf zu heben.

Seine Augen hielt er starr auf sie gerichtet, sein Gesichtsausdruck wandelte sich von Unglauben in Triumph. Das wölfische Grinsen ging ihr durch und durch.

»Unglaublich«, sagte er dicht an ihren Lippen, »es klappt tatsächlich. Ich habe einen Engel gefangen.«

Ihr Herz wummerte wie verrückt, doch sie würde sich ihre Panik nicht anmerken lassen. »Was hast du getan?«

»Keine Ahnung, Vögelchen, aber das löst all meine Probleme.«

Bane konnte sein Glück kaum fassen. Es war ihm tatsächlich gelungen, ein himmlisches Wesen einzufangen, und so ein hübsches noch dazu. Er hatte sie schon länger beobachtet, hatte nur sie haben wollen. Sie war sexy und gefiel ihm außerordentlich gut, besonders ihre Haarfarbe war faszinierend: eine Mischung aus Rot und Blond. Ihre Augen strahlten wie dunkelgrüner Malachit und ihr weicher Körper fühlte sich in seinen Armen perfekt an. Was für ein Weib!

Allein ständig an sie zu denken, hatte ihn so durcheinandergebracht, dass er tatsächlich vergessen hatte, das Artefakt aus dem Versteck zu holen, bevor er die Erdoberfläche betreten hatte. Sonst hätte er sie vor dem Fotoautomaten schon überwältigt.

Vater würde stolz auf ihn sein. Banes Geschwister würden vor Neid platzen, wenn er das Engelchen ablieferte. Als jüngstes Kind des Herrschers hatte er sich in den letzten hundert Jahren nie besonders angestrengt, um seinem alten Herrn zu zeigen, dass er stark und mächtig war. Der Teufel hatte ihn ohnehin mit Samthandschuhen angefasst und ihm alles durchgehen lassen, obwohl Bane dessen Verachtung mehr als alle anderen zu spüren bekam. Zum Glück hatte er sich nie beweisen müssen, denn er vermochte es nicht, Menschen die Seele auszusaugen. Das brauchte auch keiner zu wissen. Diese Unfähigkeit hing wohl mit seiner Mutter zusammen. Vater verriet ihm nicht, wer sie war. Niemand wusste es. Aber egal – es machte ihn zu jemand Besonderen.

Banes Brüder und Schwestern besaßen alle eine andere Mutter. Vater hatte sich mit den mächtigsten Dämoninnen seines Reiches gepaart, um noch mächtigere Kinder zu zeugen. Wer würde der Nachfolger des Teufels werden? Vater hatte ihnen eine Aufgabe gegeben, die entscheiden würde, wer den Thron der Unterwelt bestieg. Zudem diente diese Aufgabe der Zeremonie.

Am Freitag den Dreizehnten sollten so viele Menschen wie möglich in die Frauenkirche kommen. Bane und seine Geschwister flüsterten den Passanten schon seit Wochen ins Unterbewusstsein, dass sie an diesem Tag in drei Tagen etwas Unglaubliches erleben würden, das sie auf keinen Fall verpassen durften. Die Kirche bot Platz für 20 000 Besucher. 20 000 Seelen, die dem neuen Herrscher Kraft geben würden und an denen sich die Horde zur Feier des Tages laben durfte. Der Engel jedoch würde die letzte »Mahlzeit« für den abdankenden Teufel sein, damit er genug Energie hatte, um seine Kräfte, sein Wissen und all seine Erinnerungen auf den Nachfolger zu übertragen. Ihr alter Herr wollte sich endlich zur Ruhe setzen. Lange genug war er an der Macht gewesen. Irgendwann war die Ära eines jeden Dämons zu Ende, da sie kein ewiges Leben besaßen, wie Engel. Zwar konnten Dämonen viele hundert Jahre alt werden, aber sie waren nicht unsterblich. Vater war seit tausend Jahren an der Macht, wie dessen Vater zuvor. Bald würde ein neuer Teufel den Thron besteigen. Oder eine Teufelin.

Bane seufzte zufrieden. Nun hatte er einen Engel in seiner Gewalt und konnte einen Bonuspunkt einheimsen. Oder den Sieg? Mit dem Vögelchen hatte er bestimmt die Aufgabe erfüllt. Er musste die Kleine nur noch drei Tage gefangen halten.

Das Orakel hatte ihn nicht belogen. Voller Verzweiflung hatte er es vor sieben Tagen aufgesucht, weil er wissen wollte, wer seine Mutter war, um seine verborgenen Fähigkeiten zu aktivieren, von denen er spürte, dass er sie besaß. Er wusste nicht genau, welche es waren, aber da schlummerte eine gewaltige Macht in ihm.

Er spürte es, die anderen spürten es – ansonsten würde seine bloße Anwesenheit in der Unterwelt nicht so oft Ärger provozieren. Daher hielt er sich auch lieber in der Oberwelt auf; die ständigen Konflikte waren ihm auf Dauer zu stressig.

Außerdem hatte er vom Orakel wissen wollen, wie er sein Vögelchen einfangen sollte. Er wollte sie. Nur sie. Er spürte: Sie war die Richtige, um seinem Dasein die entscheidende Wendung zu verpassen.

Die Orakelpriesterin hatte ihm auf die erste Frage keine Antwort gegeben, ihm jedoch einen flachen silberfarbenen Stein geschenkt, eine Art münzgroßen Magnet, den er in den Nacken seines Engels legen sollte – und zwar genau heute.

Und jetzt gehörte sie tatsächlich ihm.

Täglich verwies sie ihn und seine Geschwister vom Marienplatz, wo sie doch ihre dringenden Aufgaben zu erledigen hatten. Nun würde das Engelchen ihnen nicht mehr im Weg stehen, besser noch, sie würde das letzte große Opfer sein. Banes Leben würde sich bald ändern. Zum Positiven. Das hatte ihm die Priesterin versprochen. Er solle nur auf sein Herz hören.

Er lachte kalt auf. Hatte er denn ein Herz? Er besaß als Dämon nicht einmal eine Seele und wenn doch, musste sie rabenschwarz sein. Selbst seine Geschwister mieden und fürchteten ihn, auch wenn sie es nicht offen zugaben und ihn hinter seinem Rücken »Papas Liebling« nannten.

»Bitte«, wisperte der Engel, die Augen aufgerissen, als könne sie seine Gedanken lesen, »lass mich gehen und ich verspreche dir, euch nie wieder zu belästigen.«

»Das kann ich nicht.« Bane hielt immer noch die Feder in der Hand, die er ihr zuvor ausgerupft hatte. Er roch daran. Sie duftete nach ihr. Nach Vanille.

»Wie heißt du?«, raunte er, während er den Kiel hinter sein Ohr steckte.

»Ariella.«

Was für ein passender Name für dieses wundervolle Geschöpf. Zu gerne wollte er ihr Federkleid erneut berühren, seine Nase hineinstecken, auf ihren Schwingen liegen – nackt. Die Vorstellung war zu erregend.

Hör auf, ermahnte er sich. *Sie ist deine Feindin. Du musst sie opfern.*

»Bitte«, flüsterte sie erneut. »Lass mich gehen.«

Sie flehte ihn tatsächlich an? Verdammt, das machte ihn irgendwie scharf.

Er beugte sich zu ihr hinunter, seine Lippen streiften über ihre Wange. Ihre Haut war seidenweich. Banes Hände wanderten tiefer, als hätten sie ein Eigenleben entwickelt, und umfassten ihre Pobacken. Drall waren sie, rund und wohlgeformt. An dem Engelchen war etwas dran.

Er zog sie näher zu sich, um sie seine beginnende Erektion spüren zu lassen, die sich gegen ihren Bauch drückte. Ihr Kopf kippte zurück wie bei einer fadenlosen Marionette. Bane stützte ihren Nacken. Dabei verlor er sich im Grün ihrer Augen.

»Bist du schon einmal unartig gewesen?«, raunte er in ihr Ohr.

Sie bebte und schüttelte langsam den Kopf; ihr warmer Atem schlug gegen seinen Hals.

Hilfe, was war das zwischen ihnen? Er sollte sie hassen, stattdessen fand er sie begehrenswert. Aber wie konnte er sie auch nicht anziehend finden, wo sie so hübsch und unschuldig war.

Rache … zuckersüße Rache, wisperte seine innere Stimme. Er könnte alles mit Ariella anstellen.

Plötzlich wurde die Kirchentür aufgestoßen und seine vier Geschwister marschierten nacheinander heraus: Mort, Xadist, Maja und Ilka. Obwohl sie sich wegen der schwarzen Haare und der dunklen Kleidung alle ähnlich sahen, waren sie doch grundverschieden. Ihre Augen wurden groß, als sie ihn mit Ariella erblickten.

»Sieh an, was hast du denn da aufgegabelt?«, fragte sein ältester Bruder Mort in einem spottenden Tonfall. »Ein Geschenk für Papi?«

»Sie gehört allein mir«, erwiderte er kühl.

»Bis zum großen Tag, dann wirst du dein Spielzeug hergeben müssen.« Mort knurrte, seine Brauen zogen sich zusammen. Strähnen seines langen Haares hingen in sein zorniges Gesicht. Mort war immer schlecht gelaunt.

Ariella versteifte sich. Sie versuchte sich loszukämpfen, aus seiner Umarmung zu winden – jedoch brachte sie nicht ansatzweise die Kraft auf, sich zu befreien. Seine Geschwister durften nicht erfahren, was der Grund dafür war. Sie würden ihm den Stein sofort wegnehmen und das Engelchen dazu. Zum Glück lag das magische Artefakt unter ihrem Haar verborgen.

Bane richtete sich zu voller Größe auf, ohne Ariella loszulassen. »Sie wird da sein, wenn es so weit ist.«

Mort nickte. »Spiel mit ihr. Lass uns aber auch unseren Spaß mit ihr haben.« Er grinste dermaßen bestialisch und stierte Ariella an, dass Bane ihm am liebsten den Kopf abgeschlagen hätte.

Bebend drückte sie sich an ihn. »Ich tu, was du willst, wenn du mich nur nicht ihnen überlässt«, wisperte sie.

Sein Schwanz zuckte. Verflucht, es gefiel ihm wirklich, wenn sie das sagte! Es schürte seine schmutzigsten Fantasien. Sie wollte sich in seine Obhut begeben, nur ihm ausliefern.

Er sah Mort scharf an. »Ich werde sie dir garantiert nicht geben, Bruder. Die Gefahr ist zu groß, dass du ihre Seele raubst, und dann wird unser Auftrag scheitern. Es war verdammt schwer, sie einzufangen. Such dir doch einen eigenen Engel!«

Morts Hand schnellte hervor und packte Ariellas Oberarm. Sie schrie auf, als ihre Haut zu qualmen begann. Es stank widerlich. Sofort riss Mort seine Hand zurück. Er hatte Blasen auf seiner Haut, genau wie Ariella, doch die Brandwunden verheilten bereits bei beiden.

Bane erstarrte. Der Bastard hatte seinen Engel verletzt! Sein Zorn kannte keine Grenzen. Was erdreistete Mort sich! Doch Bane durfte keine Schwäche zeigen. Vor seinen Geschwistern musste er Härte beweisen, damit sie ihn weiterhin mit Respekt behandelten. Er hatte sein Schurken-Image bisher aufrechterhalten können und wollte daran für die Zukunft nichts ändern. Mort hatte bereits zwei seiner Brüder hinterrücks ermordet, nur um dem Thron ein Stück näher zu kommen. Bane musste Überlegenheit demonstrieren, wenn er überleben wollte.

»Warum kannst du sie berühren? Kein Dämon kann einen Engel unbeschadet anfassen!«, rief Mort und strich sich hektisch eine Haarsträhne hinters Ohr.

»Tja, Bruder, ich bin der Auserwählte. So einfach ist das. Mir allein ist es vorherbestimmt, einen Engel zu beschaffen.« Das hatte ihnen ihr Vater erzählt und Bane war stolz darauf, besonders zu sein. »Daher wird keiner von euch sie anfassen … können.« Er lachte schadenfroh.

»Lass ihn mit dem Engel spielen, dann kommt er uns wenigstens nicht in die Quere«, meinte Xadist und zog Mort mit sich. »Seinetwegen werden ständig die Wächter auf uns aufmerksam.« Diskutierend verschwanden die beiden hinter der Kirche.

So, er zog also die Engel an? Er allein hatte mal wieder Schuld? Sein Zorn würde bald aus ihm herausplatzen.

Bane presste Ariella hart an sich, woraufhin sie aufstöhnte.

»Er wird ihr bestimmt etwas so Grausames antun, dass sie es bis in alle Ewigkeit nicht vergessen wird«, flüsterte Maja ehrfürchtig ihrer Schwester Ilka zu, bevor die zwei ebenfalls aus seinem Blickfeld verschwanden.

Sein Vögelchen erschauderte. Zu recht. Auch sie sollte Respekt vor ihm haben, dann kam sie nicht auf dumme Ideen. Er durfte sie nicht verlieren.

Als sie allein waren, lockerte er den Griff und besah sich ihren Arm. Nichts war mehr zu sehen.

»Warum musst du einen Engel beschaffen?«, fragte sie. »Wozu bist du auserwählt?«

»Das geht dich nichts an, Vögelchen.«

Ihr Gesicht verfinsterte sich. »Nenn mich nicht so!«

»Ich kann dich nennen, wie ich mag. Überhaupt kann ich mit dir tun und lassen, was ich will. Du kannst nichts dagegen machen.« Wie um das zu demonstrieren, ließ er sie los. Sofort sackte sie zusammen. Bane fasste ihr unter die Arme, bevor sie zu Boden stürzte, und drückte sie erneut an sich. Er genoss ihre weiblichen Formen an seinem Körper, ihren Duft, ihren schnellen Herzschlag.

Unter halb gesenkten Lidern schaute sie ihn an. »Was hast du jetzt mit mir vor?«

»Ich werde ein wenig mit dir spielen, genau wie meine Geschwister gesagt haben.«

»Ich weiß, was ihr Dämonen darunter versteht«, flüsterte sie, dennoch wirkte sie nicht mehr verängstigt. Ob sie seine Erektion spürte? Gewiss. Sein Schwanz war nicht von schlechten Eltern.

Er grinste über sein Wortspiel. Vater hatte ihm wahrlich ein teuflisches Gemächt vererbt. Das würde er zu gerne in ihrer Spalte ... Er musste aufhören, daran zu denken! Oder er versaute sich seine Hosen.

Bane räusperte sich. »Klär mich auf, Süße, was verstehen wir Dämonen denn unter *spielen*?«

Vorsichtig bewegte sie die Hüften. »Dämonen sind verdorben, haben nur Schandtaten im Sinn.« Ihre Zungenspitze fuhr über ihre Unterlippe, ihre Hüften kreisten schneller.

Aha, dazu brachte dieses Luder also Kraft auf. Wollte sie ihn verführen, ihn ablenken, um sich zu befreien? Tat sie nur derart wehrlos?

Er musste aufpassen. Die da oben waren mindestens genauso listig wie die Höllenschar.

Bane unterdrückte ein Stöhnen. Ihre Lippen waren die pure Sünde, wohlgeformt und voll. Zudem machte ihre unschuldige und doch laszive Geste ihn unglaublich an. Er wusste genau, wo er ihre Zunge spüren wollte.

»Schandtaten«, hauchte er in ihr Haar. »Du bringst mich da auf Ideen ... Würde es dir gefallen, wenn ich deine Beine spreize und dich auslecke? Du schmeckst bestimmt himmlisch.«

Ihr Atem ging schneller. Sie reagierte eindeutig auf Dirty Talk. Oh, es würde ihm Spaß machen, ihre verbotenen Lüste zu entfesseln.

Tu es, das ist deine Chance!, rief ihm eine innere Stimme zu.

Ohne groß nachzudenken, warf er sich das Engelchen über die Schulter und marschierte mit ihr zur nächsten Hauswand, auf die er mit der Hand einen großen Kreis zeichnete. Ein blauer Flammenring erschien; das Dämonenportal materialisierte sich knisternd an der Wand. Bane brauchte sich nur vorzustellen, wohin er wollte, und das Tor öffnete sich zu seinem Wunschziel.

»Bitte, bring mich nicht in die Unterwelt«, flehte sie.

»Keine Sorge, Püppchen.« Er wollte ins »Kinky Munich«, einem SM-Studio, das gerade geschlossen hatte. Dort würde er mit ihr ungestört sein. In diesem Studio hatte er sich einmal mit einer Dämonin vergnügt, von der er gedacht hatte, sie zu seiner Frau zu machen. Es hatte sich jedoch herausgestellt, dass sie sich durch die halbe Unterwelt fickte, und ein derart untreues Weib war nicht sein Geschmack. Wenn er etwas wollte, dann ganz für sich allein.

Nachdem er durch das Portal geschritten war, fand er sich in einem düsteren Raum wieder, der einem Kerker glich. Ketten hingen von den Wänden und Gefängniszellen gab es dort auch.

Ariella wand sich auf seiner Schulter, ihre Stimme zitterte. »Wo sind wir hier?«

»Das wirst du gleich wissen.« Der Ort gefiel ihm nicht. Er erinnerte ihn an seine Dämonen-Ex und die Folterkammern bei sich zuhause.

Während er weitere Räume inspizierte, hielt er Ariella an den Oberschenkeln fest. Seine Hand wanderte zwischen ihre Beine. Wie heiß sie dort war.

Ihre Finger krallten sich in den Stoff seines Shirts, während sie vor sich hinschimpfte. Bane schmunzelte. Was für böse Ausdrücke sie kannte.

»Mistratte! Schuft! Volltrottel! Bring mich wieder zurück!«

»Deine Worte verletzen mich schrecklich«, sagte er gedehnt und gähnte demonstrativ.

Dafür erntete er mehr Schläge ihrer kleinen Faust.

»Verausgabe dich nicht, du wirst deine Kräfte noch brauchen.« Er wollte Ariella nicht wirklich schaden, sondern sie nur ärgern. Ihr durfte nichts passieren, schließlich brauchten sie das Engelchen noch. Wenn er sie nicht richtig anfasste, würde sie nicht fallen, da sie wehrlos war. Es wäre nicht ihr Verschulden; der Hohe Rat konnte ihr nichts anhaben, soweit Bane gehört hatte. So kam er zu seinem Spaß, bevor er seine Aufgabe erfüllen und Ariella … opfern musste. Kurz verkrampfte sich sein Herz. Wenn Vater ihre Seele aussaugte, würde sie sterben oder zu einer Dämonin werden, wenn jemand der ihren sie wandelte.

Bane würde sie wandeln und zu seiner Königin machen. Sie war rein, unbefleckt. Genau das, was er wollte.

Dann konnte er sie ficken …

Ts, was hatte er für Gedanken?

Als er ein Klassenzimmer entdeckte, mit Pulten und Schiefertafeln, wie es sie früher gab, lachte er auf. »Möchte mein Engelchen den Rohrstock zu spüren bekommen?« Er befühlte ihren runden, festen Hintern und spürte etwas Hartes in ihrer Hosentasche. Es war klein und rechteckig. Was hatte sie da drin?

»Wenn ich mich wieder wehren kann, wirst *du* was erleben!«

»Hm, die Vorstellung hat was. Der Gedanke, dir meinen bloßen Hintern entgegenzustrecken, damit du ihn mit Striemen zeichnen kannst, ist extrem erregend.«

»Du bist unmöglich!«

Lachend marschierte Bane durch Folterkammern, einen Indoor-Straßenstrich und Nasszellen … Er konnte sich nicht entscheiden, in welchen Raum er zuerst wollte.

Als er im OP-Zimmer einen gynäkologischen Stuhl sah, war für ihn die Entscheidung klar. Darauf setzte er Ariella ab, weil er sie dort perfekt für sein Vorhaben positionieren konnte. Rasch schaute er sich um, bevor er es sich anders überlegte. Womit konnte er sie nun … verwöhnen?

Zuerst sollte er sie ausziehen. Er griff sich das Bedienteil des Stuhls und senkte die Rückenlehne ab, um Ariella in eine liegende Position zu bringen. Dann öffnete er die Verschnürungen ihrer Stoffhose. Seine Hände bebten unter ihrem unsicheren Blick und als er mit den Fingern ihren warmen Bauch berührte, dachte er, sich verbrannt zu haben.

Mit einem Ruck zog er ihr den Stoff von den Hüften. Dabei fiel ein Smartphone auf den Boden. Also das hatte er zuvor gespürt.

Bane hob es auf und schaltete es aus. »Ihr benutzt Handys?« Das erstaunte ihn.

»Sie sind sehr praktisch«, erwiderte sie schnippisch.

»Dir wird dein freches Mundwerk gleich vergehen.« Er legte das Smartphone zur Seite und hob ihre Beine an, die halb in der Luft hingen.

Ihre Finger krallten sich ins Sitzpolster. »Unterstehe dich, Dämon!«

»Mein Name ist Bane, Vögelchen, aber du darfst mich nennen, wie du willst.« Der Rest seiner Coolness verschwand schlagartig, als er ihre Scham erblickte. Ein schmaler blonder Flaum zierte ihren Venushügel – darunter war alles nackt und glatt. Hatte er jemals einen unschuldigeren Anblick gesehen?

»Grundgütiger«, murmelte er und seine Hände zitterten stärker. Ariella machte ihn fertig.

In seinem dämonischen Dasein hatte Bane nichts anbrennen lassen. Wenn ihn die Lust überkam, suchte er sich manchmal eine willige Dämonin oder kroch nachts in die Betten hübscher Frauen und ließ sie glauben, einen erotischen Traum zu haben.

Bane war nicht wie seine Geschwister, die ihre Befriedigung daraus zogen, zu quälen und zu vergewaltigen. Bane wollte den Frauen Lust verschaffen, weil es ihn viel mehr erregte, wenn sie es ebenfalls genossen. Ihre Hingabe, die Leidenschaft – das war es, was er brauchte. Außerdem gewann er auf diese Weise viel größere Energien, die er zum Leben brauchte.

Nur jetzt hatte er weder Mensch noch Dämonin vor sich, sondern einen Engel. Sie würde er mit Genuss verspeisen.

Kurz schloss er die Augen. Sein Engelchen lag wehrlos auf dem Stuhl. Er könnte sie ficken, ob sie wollte oder nicht. Sie verletzen. Bei seiner Erzfeindin könnte er einmal eine Ausnahme machen. Nur schockierte ihn der Gedanke, ihr hübsches Gesicht schmerzverzerrt zu sehen und ihren makellosen Körper zu schänden. Bane wollte sie lieber unter sich zum Schmelzen bringen. Und diese Kunst beherrschte er ausgezeichnet. Es würde sie viel mehr ärgern, wenn es ihr Spaß machte, von einem Dämon befriedigt zu werden.

»Bane?«

Ihre Stimme holte ihn aus seinen Gedanken.

»Ich hab nicht den ganzen Tag Zeit.«

»Deine frechen Sprüche werden dir gleich vergehen.« Er legte die Hände an ihre Waden, um ihre Knie über die Halterungen des Stuhls zu legen. Wie schlank ihre Fesseln waren, wie zierlich ihre Zehen. Zu gerne wollte er an ihnen lutschen. Am besten, er leckte sie von unten bis oben ab. Jeden Millimeter ihrer Haut wollte er schmecken.

Bane drückte ihre Beine auseinander. Ihre zierliche Spalte öffnete sich. Was er dann sah, haute ihn fast um: Feuchtigkeit glitzerte um ihren Eingang. Sein Engelchen war geil!

»Vögelchen«, sagte er mit heiserer Stimme, »wie bist du bloß ein Engel geworden?«

»Das hab ich mich auch schon gefragt«, antwortete sie und legte ihre Arme über den Kopf.

Ariella empfand als Engel keine Scham, auch nicht, als Bane ihre intimste Stelle sah. Dennoch fühlte sie etwas: ein Kribbeln und Pochen, das von irgendwo zwischen ihren Beinen herrührte. Da sie sich nie dort berührt hatte, konnte sie diese Empfindung nicht genau definieren. Aber sie erinnerte sich vage an ihr früheres Leben. Sie hatte es gemocht, dort berührt zu werden.

Bane fuhr sich ständig durchs Haar und brachte es durcheinander. Süß sah er aus, so verwegen und zugleich verwirrt. Sie war für das Chaos in seinem Inneren verantwortlich. Das galt es auszunutzen. Sie war auf sein verführerisches Spiel eingegangen, um genau das zu erreichen. Sie musste herausfinden, was er getan hatte, um sie zu schwächen.

Oder besser: Gerade war er abgelenkt, vielleicht konnte sie das Ding in ihrem Nacken entfernen?

Langsam bewegte sie eine Hand, während Bane wie hypnotisiert auf ihre Scham starrte. Ihre Fingerspitzen berührten schon ihr Haar, da sah der teuflisch-sündhafte Schuft zu ihr her.

Sofort riss er ihre Arme nach unten und hielt sie fest. »Du denkst, du kannst mich austricksen?« Er lag halb auf ihr, sein Unterleib drückte sich gegen ihren.

»Das denke ich nicht nur, sondern es hat ja fast geklappt, Dämon«, erwiderte sie erzürnt.

»Ruhig, Häschen, sonst kann ich auch anders«, flüsterte er an ihrer Wange.

Ariella musste sich konzentrieren, um sprechen zu können, weil seine Nähe all ihre Sinne vernebelte. Er verwirrte sie und nicht sie ihn. Das machte sie gleich noch wütender. »Hast du dann bald das gesamte Repertoire lächerlicher Kosenamen für mich durch?«

»Hmm, lass mich mal überlegen«, erwiderte er und knabberte an ihrem Kinn. »Hatten wir Fickstute schon?« Hart presste er seine Erektion gegen ihre gespreizte Weiblichkeit.

Entgegen ihrem Willen entkam ihr ein Stöhnen. Verflixt, der Kerl machte sie nicht nur durch dieses Teil in ihrem Nacken schwach!

»Unterstehe dich«, sagte sie leise, und doch wünschte sie sich, er möge dieses Brennen, dieses Sehnen zwischen ihren Schenkeln weiter entfachen.

Sie starrte in seine blauen Iriden und bewunderte die silbernen Sprenkel. Kein Wunder, dass ihm die Frauen verfielen. Auch Ariella wünschte sich, seine Lippen auf ihrem Mund zu spüren. Bane würde bestimmt sündhaft gut küssen können.

»Als du ein Mensch warst, hast du es sicher wild getrieben, was, Süße?«, raunte er. Seine Daumen streichelten ihre Handgelenke, die er immer noch festhielt.

Schwach erinnerte sie sich an ihr Menschsein. Sie hatte zu einer Zeit gelebt, in der Frauen unberührt in die Ehe gehen mussten. Sie war mit einem alten Kaufmann des Dorfes verheiratet worden, der nur mit ihr geschlafen hatte, bis sie schwanger war, dann waren sie und das Kind kurz nach der Geburt gestorben. Die Pest hatte sie dahingerafft. Erst Jahrzehnte später war sie als Engel zurück auf die Erde gekehrt. Ariella hatte nie viele sexuelle Erfahrungen gesammelt, umso neugieriger war sie auf all das. Die Zeiten hatten sich längst geändert, die Menschen gingen viel offener mit dem Thema um und konnten sogar Einrichtungen wie dieses sündhafte Etablissement besuchen, um all ihren Fantasien freien Lauf zu lassen.

»Ich bin sehr unerfahren«, flüsterte sie.

Hastig wich Bane zurück, als hätte er sich an ihr verbrannt. Er kramte in dem fahrbaren Kästchen, das neben dem Stuhl stand, und holte zwei Bänder hervor. Es waren Gurte aus Klettverschluss. Damit fesselte er ihre Handgelenke an den Behandlungsstuhl.

Das holte sie aus ihren Träumen.

So ein Mist!

Okay, nachdenken, ermahnte sich sie, was nicht einfach war, wenn Bane genau zwischen ihren Beinen stand und ständig auf ihre intimste Stelle starrte.

»Was ist das für ein Ding in meinem Nacken?«, fragte sie vorsichtig und möglichst freundlich.

Er zuckte mit den Schultern und wirkte abwesend, wobei er nie den Blick von ihrem Schoß nahm. »Weiß nicht.«

Er schien tatsächlich die Wahrheit zu sagen, das spürte sie als Engel instinktiv. Erleichtert atmete sie auf. Für die anderen bestand erst einmal keine Gefahr. Ariella empfand auch keine Angst vor Bane. Warum? Weil er anders war? Er hatte sie berührt, ohne erkennbare Reaktion auf beiden Seiten. Niemand hatte sich am anderen verbrannt.

Obwohl – etwas war zwischen ihnen passiert. Das hatte sie gefühlt. Als ob ein Funke übergesprungen wäre. Zwischen ihnen flirrte die Luft.

Was für ein Quatsch, schalt sie sich. Allerdings war ihr nicht entgangen, dass er anders war als seine Geschwister. Er strahlte eine verborgene Reinheit aus, die sie wie einen Hauch erspüren konnte. Wie konnte der Sohn des Herrschers der Unterwelt etwas Gutes in sich haben?

Gebannt wartete sie darauf, was er mit ihr vorhatte, obwohl alles danach aussah, als wollte er … *Nein, nicht daran denken!* Das Pochen ihrer Scham nahm dadurch bloß zu.

»Okay«, sagte er, als er sich von ihr losgerissen hatte, »mal sehen, was da Brauchbares drin ist.«

Er schob das fahrbare Schränkchen näher zu sich. Darauf befanden sich ein grauer Kasten, eine Tube Gleitgel und ein Stapel Papiertücher. Bane setzte sich auf einen Drehhocker und war genau auf Augenhöhe mit ihrem Geschlecht. Ständig fuhr er sich durchs Haar.

»Süße, dein Duft macht mich ganz wuschig.«

»Wuschig?« Sie lachte auf und säuselte: »Das tut mir aber leid.« Doch dann biss sie sich auf die Zunge. Sie sollte ihn lieber nicht verspotten. Sie war ihm hilflos ausgeliefert, sie sollte sich zurückhalten und ihn nicht noch mehr reizen, doch sie konnte nichts dagegen unternehmen. Ihr Wille war nicht mehr ihr eigener.

Hektisch wischte er sich die Hände an seiner Hose ab. »Dir wird dein Grinsen noch vergehen, Vögelchen. Ich will dich noch mal stöhnen hören, so wie eben.«

Als er eine Schere aus der Schublade zog, die an der Spitze abgerundet war, hielt sie die Luft an. Der kalte Stahl auf ihrem Bauch ließ sie erschaudern. Eine Schneide glitt unter ihren Stoff und – schnipp, schnapp – hatte Bane ihr Bustier zerschnitten.

Sie wollte empört protestieren, konnte jedoch nur mit offenem Mund auf Bane starrten. Er zog ihre Feder hinter seinem Ohr hervor und strich damit über ihren nackten Körper, vom Hals bis zu den Zehenspitzen. Dann fuhr er denselben Weg zurück.

Ariella legte den Kopf in den Nacken, als die Feder ihre Brustwarzen kitzelte. Ihre Nippel wurden steif und prickelten. Wie gut sich das anfühlte! Wie hatte sie das bloß vergessen können?

Sie blinzelte an sich hinunter. Nie hatte sie sich Gedanken über ihre Brüste gemacht, doch nun kamen sie ihr zu groß vor, zu auffällig. Die Nippel sahen aus wie rote Johannisbeeren. Wie Bane sie anstierte!

Ständig fasste er sich an den Schritt. Ariella wusste: Er würde ihr die Unschuld nehmen.

Bane hatte verdammte Mühe, nicht sofort seinen Schwanz zu befreien und über den heißen Engel herzufallen. Er konnte sich nicht an dem Wahnsinnskörper sattsehen: volle Brüste, eine weiche, weibliche Figur, der sanft gerundete Bauch, ein richtiger Arsch. Wieso durfte ein Engel so einen sündhaften Körper besitzen?

Aber er musste sich zurückhalten, denn er brauchte sie, brauchte ihre reine Seele. Fickte er Ariella, wäre alles umsonst gewesen. Er müsste innerhalb der nächsten drei Tage einen neuen Engel beschaffen. Doch er konnte sie ärgern und sich an ihr aufgeilen, ohne sie direkt zu berühren. Die Feder war perfekt!

Sanft streichelte er über ihren Venushügel. Da ihre Beine durch die Position auf dem Stuhl weit geöffnet wahren, kitzelte die Feder auch ihre inneren Schamlippen. Wie zierlich sie gebaut war – sein Unschuldsengel. Zu gerne würde er sich in dieser zarte Spalte versenken. Sie würde nass und heiß sein und ihn massieren, bis er sich in ihr verströmte. Tief in ihr.

Verdammt, er musste an etwas anderes denken oder er würde tatsächlich noch in seiner Hose kommen!

Ariella stöhnte leise und dieser leidenschaftliche Laut rüttelte arg an seiner Selbstbeherrschung.

»Süße, du wirst ja richtig feucht«, raunte er, den Blick auf ihr Geschlecht gerichtet. Ununterbrochen strich er mit der Feder über ihre Klitoris. Ob er sie damit zum Orgasmus bringen könnte? Plötzlich wollte Bane nichts anderes, wollte sehen, wie das Engelchen dahinschmolz, wie sie kam. Für ihn. Das würde sie bestimmt ärgern und ihm höchste Genugtuung verschaffen.

Ariella wand sich und stöhnte. »Bane ...«, flehte sie. »Bitte tu irgendwas!«
Er war überrascht. Sie wollte es?
Ach, verflucht! Er hielt diesen Druck nicht mehr aus! Hektisch öffnete er seine Hose.
Sie hob den Kopf, und als sie seinen Schwanz sah, riss sie die Augen auf. Ihre Schenkel zitterten, als ob sie versuchte, die Beine aus den Stützen zu heben, aber zu schwach dazu war.
»Ich soll etwas tun?«, fragte er mit unheilvoller Stimme. »Ich wüsste genau, was ich jetzt machen würde, wenn ich könnte!« Frustriert knurrte er auf und umschloss seinen Schwanz. Hart drückte er zu. Wahrscheinlich würde er sie zerreißen, wenn er seinen enormen Schaft in sie rammte. Er war so dick, dass er seine Finger nicht ganz darum schließen konnte. Hastig ließ er ihn los.
Ariellas Blick schwankte zwischen Erstaunen, Erregung, Neugier und Angst. »Du wirst mir nicht wehtun. Das weiß ich.«
»Ach ja?« Wieso war sie sich da so sicher?
Grollend ließ er seine Faust auf einem grauen Kasten niedersausen, der auf dem fahrbaren Schränkchen stand. Kabel hingen aus dem Gerät.
»So, du willst also, dass ich *etwas* mache?« Er wusste genau, was er zu tun hatte, griff sich die Kabel, an denen Pads angebracht waren, entfernte die Schutzfolie und klebte je einen Kontakt auf ihre Schamlippen, bemüht, diese nicht zu berühren.
Unterdrückt stöhnte er auf, sein Schwanz zuckte und schmerzte. Die Haut um seinen Schaft spannte, weil er immer noch weiter anschwoll. Die Erlösung lag direkt vor ihm und er durfte nicht. Verflucht!
Ariellas Schamlippen waren weich, und Bane spürte ihre Hitze durch die Klebe-Pads. Außerdem roch er ihren Saft, der sich mittlerweile einen Weg durch ihre Ritze bis zu ihrem Po gebahnt hatte.
»Was ist das?« Sie hob den Kopf, ließ ihn aber gleich wieder fallen.
»Der Weg in den Himmel«, knurrte er und zog die Pads auseinander, sodass sich ihr Innerstes wie eine Rose öffnete. Bane könnte sie ewig ansehen. Ausgiebig betrachtete er ihre Scham, die spärliche Behaarung und ihren sanft gewölbten Bauch. Sein Blick wanderte höher, zu ihren Brüsten, zwei herrlichen Hügeln. Sie waren bestimmt weich und er könnte sie kneten. Ihre Nippel waren immer noch steif. Schade, dass er nicht mehr von diesen Sensoren hatte, dann hätte er auch dort welche angeklebt.
Stöhnend griff er sich an seinen Schwanz, der aus der Hose ragte und zuckte. Ein Tropfen lief aus der Eichel. Falls er zum Zug kommen wollte, blieb ihm nur die Wahl, sich einen runterzuholen. Bane strich einmal über sein Geschlecht und stellte sich vor, auf die zierliche Spalte des Engelchens zu spritzen. Hastig zog er die Hand weg und schaltete das Gerät an.

Vielleicht würde er später seine schmutzigen Fantasien ausleben, vielleicht auch erst dann, wenn sie ihren Zweck erfüllt hatte.

Bane drehte am Regler, schaltete auf »Intervall« und wartete, was passierte.

Ariella holte laut Luft und zerrte an den Handfesseln. »Was ist das?«

»Gefällt dir, hm?« Mehr Feuchtigkeit lief aus ihr und er schaltete den Regler eine Stufe höher.

Schreiend bäumte sie sich auf. Ihm blieb fast das Herz stehen, weil er dachte, er würde ihr wehtun, bis er erkannte, dass sie vor Lust schrie. Gänsehaut bildete sich auf ihrem Körper, ihre Augen waren verdreht, die Lippen hatte sie geöffnet und sie atmete hektisch. Ihr Scheideneingang zog sich im rhythmischen Takt des schwachen Stroms zusammen.

Erst konnte Bane sie nur anstarren, dann endlich bewegte er den Arm und strich mit der Feder über ihre Brüste. Ihre Nippel waren so hart und kugelrund wie Kieselsteinchen, dass Bane am liebsten daran geknabbert hätte.

Ariellas Atem ging immer schneller, ihre Zehen und Finger verkrampften sich, ihr Bauch spannte sich an.

»Was ist das?«, fragte sie schwach. »Bane!?«

Er strich mit der Feder über ihren Kitzler, der jetzt angeschwollen war und ihm entgegenragte. Auch ihn wollte Bane einsaugen, von Ariellas Lust kosten, seine Zunge tief in sie stoßen.

»Bane ...«

Ihre Augen schlossen sich, die Lider flatterten. Ein Zucken lief durch ihren Körper. »Bitte, berühre mich!«

Das konnte er nicht, oder er wäre verloren. Sie wäre verloren. Er brauchte sie doch noch, verflixt!

In seiner Not suchte er in dem Kästchen etwas, womit er sie härter stimulieren konnte. Die prickelnden Impulse des Reizstromgerätes schienen nicht auszureichen, um sie zum Höhepunkt zu bringen. Als Engel hatte sie noch nie einen Orgasmus erlebt, ihr Körper war zu unerfahren.

Zu seinem Glück fand er einen Vibrator. Bane schaltete den Stab aus silberfarbenem Metall an. Ein Summen ertönte und die Schwingungen brachten seine Finger zum Prickeln. Schnell drückte er die vibrierende Spitze an ihren Kitzler.

Ariella wand sich auf dem Stuhl, stöhnte losgelöst. »Himmel, Bane!«

»Ja, das ist der Himmel, Süße.« Er konnte nicht widerstehen und ließ den Vibrator durch ihre Spalte gleiten, bis in die nasse Öffnung hinein. Nur ein Stück, um Ariella nicht zu verletzen. Ihr Körper war sicher noch jungfräulich, mit allem, was dazugehörte.

»Bane!«

Sie rief immer nur seinen Namen, wusste anscheinend nicht, wie sie das Gefühl beschreiben sollte und was sie wollte. Als plötzlich ihre Hüften nach vorne stießen, verschwand der Vibrator über die Hälfte in ihr.

»Oh … Gott!« Sie atmete hektisch und verkrampfte sich, kniff die Lider zusammen.

Bane hielt inne, ließ aber den Stab in ihr stecken, bis sich ihr Gesicht entspannte. Wie rot ihre Wangen waren …

Vorsichtig bewegte er das Toy in ihr und schob es tiefer. Es schmatzte, als es rein und raus glitt.

Bane konnte sich nicht länger zurückhalten; er musste von ihr kosten. Er schalte den Vibrator aus und schob ihn sich in den Mund, leckte ihren köstlichen Saft ab.

Wahnsinn, sie schmeckte wie die pure Sünde. Rein und lieblich, und machte ihn trunken wie ein guter Wein. Ihr süßer Geschmack füllte seinen Mund wie Honig.

»Bane …«

Ihr Wimmern holte ihn zurück. Sofort schaltete er das Toy wieder an und hielt es direkt auf ihren Kitzler. Auch den Stromregler drehte er eine Stufe weiter, bis nur noch ein lang gezogenes Stöhnen Ariellas süßen Mund verließ. Ihre Hüften zuckten, ihre Muschi verkrampfte sich.

Sie war dem Teufel ausgeliefert – und es gefiel ihr. Dieses wunderbare Gefühl hatte sich bis zur Explosion gesteigert und entlud sich nun in Wellen durch ihren Körper. Es sollte niemals aufhören. Banes konzentrierter, lustverhangener Blick auf ihrem Geschlecht setzte dem Ganzen die Krönung auf. Er war so schwer darauf bedacht, ihr diesen Rausch zu schenken, dass er sich selbst nicht mehr berührte. Stattdessen leckte er wieder den silbernen Stab ab, als wäre ihre sündhafte Feuchtigkeit das Beste, was er jemals gekostet hatte.

Zu gerne wollte sie seine Zunge zwischen ihren Beinen spüren.

Himmel, was dachte sie nur? Wenn das der Rat der Engel herausfand! Sie wäre verloren, wäre ihren Posten los und bestimmt auch ihren Engelstatus.

Bane stand auf und ging zu ihrem Kopf. Ariella lag immer noch in der Waagerechten, weshalb sie sein kräftiges Geschlecht direkt vor Augen hatte. Mit lasziven Bewegungen strich er darüber.

Seine Lust schwelte noch in ihm. Was hatte er vor?

»Dein Anblick macht mich richtig geil, Süße«, sagte er mit dunkler Stimme. Sein Blick fixierte ihre Brustwarzen, die noch hart waren. Immer schneller rieb er über sein Geschlecht. Es war prall und dick, jede Ader trat hervor. Bane würde seinen Samen wohl nicht mehr lange halten können.

»Ich werde dich mit meiner Saat zeichnen und du kannst nichts dagegen tun«, raunte er.

Wollte er sie erniedrigen? Indem er ein paar Tropfen seines Samens auf sie ergoss? *Überheblicher Dämon, ich werde dir zeigen, dass du mir damit meinen Stolz nicht nehmen kannst!*

»Tu, was du nicht lassen kannst«, sagte sie und leckte sich über die Lippen.

Seine Augen wurden groß, sein Mund klappte auf, als könne er seinen Ohren nicht trauen. »Du bietest dich mir an?«

»Komm in meinen Mund, wenn du den Mumm dazu hast.« *Oh weh, Ariella, halt doch die Klappe!*

Seine Brauen zogen sich zusammen. »Ich werde ihn dir bis in den Hals schieben, um dein freches Mundwerk zu stopfen!«, knurrte er.

Ariella provozierte ihn weiter. »Keine Angst, dass ich zubeiße, Dämon?« Sie wollte wissen, ob er ihr ebenfalls so gut schmeckte, wie sie offensichtlich ihm.

Ohne Vorwarnung griff er an ihren Hinterkopf und presste sein gigantisches Geschlecht zwischen ihre Lippen. Erstickt stöhnte sie auf, ihre Vagina verkrampfte sich. Ariella schmeckte seine salzigen Vorboten, leckte über die glatte, heiße Spitze und knabberte an dem harten Schaft.

Bane sagte nichts mehr, verdrehte die Augen und stöhnte. Er hätte sich tief in sie rammen können, stattdessen zog er sich so weit zurück, bis nur die Eichel zwischen ihren Lippen steckte.

»Du wirst alles schlucken, hörst du«, keuchte er. »Und wehe, es geht ein Tropfen daneben!«

Sein dickflüssiger, warmer Samen füllte plötzlich ihren Mund. Er schmeckte herb und salzig, aber nicht unangenehm. Ariella versuchte, alles zu schlucken, aber ein Teil lief an ihren Mundwinkeln vorbei, denn Bane pumpte und pumpte. *Von wegen, ein paar Tropfen*, dachte sie. *Er ist dämonisch, durch und durch!* An dem Kerl war eben nichts normal.

Als er sich zurückzog, sah er ihr nicht in die Augen. Er griff nach einem Papiertuch, das auf dem fahrbaren Kasten lag, wischte ihr die Spermareste vom Kinn und löste den Klettverschluss um ihre Handgelenke.

Ariella fühlte sich erschöpft und leer, obwohl der Höhepunkt wunderbar gewesen war. Etwas Neues und Gewaltiges. Sie vermisste Bane an ihrem Körper. Seine Nähe, seine Stärke, seinen Duft. Was hatte er mit ihr gemacht? Sie sehnte sich nach dem aufregenden Gefühl, wollte erneut diese Lust erleben. Zum ersten Mal in ihrem Dasein als Engel fühlte sie wirklich. Sie schämte sich sogar, nackt und wie auf einem Präsentierteller vor ihm zu liegen.

Langsam hob sie den Arm zu ihrem Nacken und diesmal hielt Bane sie nicht auf, als sie den magischen Stein entfernte. Er war flach und so groß wie eine Münze, glitzerte silbern.

Hastig rutschte sie vom Stuhl und schnappte sich ihr Handy. Rasch zog sie sich die Hose an. Ihr Top war nicht mehr zu gebrauchen. Bane stand mit dem Rücken zu ihr, schloss seine Jeans und fuhr sich durchs Haar.

Schnell steckte sie den Stein ein und wollte sich auflösen, aber etwas hielt sie zurück.

Irgendetwas stimmte nicht mit ihm. Er fühlte sich mies – und das war ihm bisher kein einziges Mal passiert. War es, weil er einen Engel Scham und Verlangen gelehrt hatte?

Zögerlich drehte er sich um, konnte ihr jedoch kaum in die Augen sehen.

Verflucht! Ariella sah verwirrt und unglücklich aus. Sie würde fallen und eine von ihnen werden: eine Dämonin. Sie wäre für das Ritual nicht mehr zu gebrauchen. Allerdings könnte er sie dann zu seiner Sklavin machen und sie ficken, wann und wo er wollte.

Der Gedanke erregte ihn und schreckte ihn zugleich ab. Er war kein Tier!

Doch, er war der Sohn des Teufels, in ihm konnte nichts Gutes stecken.

»Wieso brauchst du einen Engel?«, fragte sie, die Arme vor der Brust verschränkt.

Bane hatte gewusst, dass sie nicht locker lassen würde. Aber er schwieg, weil sie es nicht wissen durfte. Falls der Rat der Engel davon erfuhr, würde ihre Mission scheitern. Natürlich würde es einen Nachfolger geben, denn das Gleichgewicht der Mächte musste gewahrt bleiben, aber die Engel konnten dafür sorgen, dass ihre Seite immer einen Schritt zurück blieb. Sie mussten nur den Nachschub an Seelen blockieren, und Vaters Nachfolger wäre längst nicht so mächtig wie der jetzige Teufel.

Daher schwieg er.

»Ihr braucht also meine Seele. Wozu?«

Das hatte sie gehört, als er mit Mort gesprochen hatte. Verdammt, er hatte den Stein nicht mehr. Sie konnte fliehen. Umso mehr wunderte er sich, dass sie blieb.

»Wer weiß noch, wie man einen Engel seiner Fähigkeiten beraubt?«

»Niemand«, flüsterte er, drehte sich um und zog einen Kreis an die Wand.

»Bane!«, rief sie und klang unglaublich verzweifelt. »Bitte rede mit mir! Ich spüre, dass du nicht so bist wie die anderen. Hilf uns, wechsle die Seiten!«

Schnaubend warf er einen Blick über seine Schulter, während sich das Portal knisternd öffnete. »Du weißt nichts über mich.« Er wusste selbst nicht alles über sich, außer, dass er der Sohn des Teufels war. Und den wollte sie ernsthaft bekehren? Bane wusste nur eines mit Sicherheit: Er musste weg. Weit weg. Aber in die Unterwelt wollte er nicht, sondern an einen Ort, wo ihn niemand, aber auch wirklich niemand störte: eine unbemannte Bohrinsel auf der Nordsee. Die Plattform war vor Kurzem evakuiert worden, seinetwegen. Er hatte für ein ordentliches Gasleck gesorgt. Schließlich gehörte es zu seinen Aufgaben, auf der Erde Unheil zu stiften. Vielleicht sollte er einen Funken zünden und mit dem Scheißding in die Luft fliegen. Dann hätten seine Sorgen ein Ende. Sein Schädel fühlte sich ohnehin an, als würde er gleich explodieren. Und schuld daran war nur dieser Engel!

Bane saß auf einem der zahlreichen abgerundeten Steinquader, die um den riesigen, kreisförmigen Springbrunnen am Stachus verteilt waren, und starrte, die Ellbogen auf die Knie gestützt, auf den Boden. Die Sonne brannte ihm auf den Rücken und erhitzte sein Gemüt zusätzlich. Die Münchner, die geschäftig über den Karlsplatz eilten, interessierten ihn heute nicht, denn er kämpfte mit seinen Gedanken. Seit er gestern Ariella in dem SM-Klub verlassen hatte, fühlte er sich miserabel. Der mehrstündige Aufenthalt auf der Bohrinsel hatte ihm keine Linderung verschafft, nicht einmal, als er sie doch noch in die Luft gesprengt hatte. Feige, wie er war, hatte er sich in Sicherheit gebracht, bevor die Druckwelle ihn ins Meer geschleudert hätte. Nicht mal seinen Tod bekam er auf die Reihe. Irgendwas stimmte mit ihm nicht mehr.

War er von irgendeiner dämonischen Krankheit befallen? Oder hatte der Engel ihn mit einem Gewissen infiziert? Wo blieb Ariella überhaupt? Seine Geschwister arbeiteten mit Hochdruck daran, genügend Menschen einzuflüstern, bis morgen Mittag in die Frauenkirche zu kommen, und gönnten sich den einen oder anderen Seelensnack. Aber das Engelchen hielt sie nicht auf. Ob sie womöglich gefallen war? Verbannt aus dem Himmel? Oder irgendwo anders eine Strafe ableisten musste?

Nein, er spürte sie, fühlte ein Kribbeln in seinem Nacken, als ob sie ihn beobachtete. Ariella war nah, doch sie zeigte sich nicht. Sicher hatte sie Angst vor ihm, verachtete ihn.

Verdammt, Bane, dachte er, *hör auf über das Vögelchen nachzudenken und überleg dir lieber, wo du einen neuen Engel herbekommst!*

Verfluchte Scheiße, er wollte keinen anderen Engel, hatte sich sogar extra für sie seinen geliebten Dreitagebart rasiert, der ihn bedrohlicher erscheinen ließ. Aber dann würde Vater ihn vernichten. Doch selbst das war ihm egal. So ein dämlicher, unfähiger Dämon, wie er einer war, verdiente es ohnehin nicht, der zukünftige Herrscher des Bösen zu werden.

Ob sie sich zeigen würde, wenn er eines der Kinder entführte, die durch den großen Brunnen liefen, um sich von den Fontänen erfrischen zu lassen? Und was würde er dann mit Ariella machen? Mit ihr reden? Sich entschuldigen?

Grundgütiger, gewiss nicht. Er war ihr Erzfeind! Was interessierte es ihn, wie es ihr ging?

Er drehte dem Brunnen den Rücken zu und schielte zum Karlstor, über dessen weißen Zinnen tiefblau der Himmel hing. Zu beiden Seiten erstreckten sich in einem Halbkreis die mehrstöckigen Rondellbauten mit den Einkaufspassagen. Da oben musste sie irgendwo sein. Von dort spürte er ihre reine Macht. Nein, jetzt fühlte er ihre Präsenz weiter rechts, und zwar am Boden, vor dem Eingang zur Buchhandlung Hugendubel. Ariella bewegte sich in Richtung McDonald's, änderte ständig ihre Position.

Seine Nervosität wuchs. Suchte sie seine Nähe?

Wie aus dem Nichts tauchten seine Geschwister vor ihm auf: Mort, Xadist, Maja und Ilka – wie immer ganz in schwarz gekleidet. Klischeehaft. Es war an der Zeit, damit zu brechen, daher hatte er sich heute für Blue Jeans und ein violettes T-Shirt entschieden. Beides hatte er vor zwei Stunden aus dem gegenüber liegenden Kaufhof mitgenommen, dazu graue Turnschuhe.

»Wieso lungerst du hier so faul rum?«, maulte Mort und trat ihm gegen den Fuß. »Meinst du, nur weil du einen Engel gefangen hast, brauchst du nichts mehr tun? Und wo ist die Kleine überhaupt?«

»Verpiss dich«, erwiderte Bane, ohne seinen Bruder anzusehen.

Mort stürzte knurrend auf ihn zu, seine Pupillen vor Wut zu Schlitzen verengt wie bei einer Schlange, aber Xadist riss ihn zurück. »Beherrsche dich. Er hat den Engel. Ohne ihn wird keiner von uns Vaters Nachfolger.«

Bane lächelte überheblich. Wenn sie wüssten …

Während seine Brüder schimpfend mit Maja davonstapften und Mort meckerte, weil Vater wegen der Engelseele in Hochstimmung war, blieb Ilka bei ihm.

»Mach dich mal nicht so breit.« Sie drängte ihn ein Stück zur Seite, um sich neben ihm auf den Stein zu setzen.

»Was willst du?«, murmelte er.

Ilka war ihm von seinen Geschwistern noch die liebste. Sie waren eng miteinander aufgewachsen, denn Ilkas Mutter war seine Amme gewesen. Trotzdem wollte er jetzt allein sein. Allein mit seinem Engel. Sie hatte sich zurückgezogen, das spürte er. Nun befand sie sich irgendwo hinter ihm, wo das Kaufhaus lag.

»Ich weiß, was mit dir los ist«, sagte Ilka, wobei sie an ihrer schwarzen Netzstrumpfhose zupfte.

Ihm wurde heiß und kalt. Dennoch antwortete er so kühl er konnte: »Ich habe keine Ahnung, wovon du sprichst.« Ilkas Mutter war eine dämonische Orakelpriesterin, eine Seherin, gewesen. Ilka stand Vater mit Rat zur Seite, da sie die Fähigkeiten ihrer Mutter geerbt hatte.

Sie räusperte sich und senkte die Stimme. »Du hast Gefühle für sie, nicht wahr? Romantische Gefühle.«

Bane starrte seine Halbschwester an und sie musterte ihn, als ob sie in seinen Geist eindringen wollte.

Wurde das ein Erpressungsversuch?

Zu seiner Überraschung flüsterte sie: »Ich werde den anderen nichts sagen«, und stand auf. Sie nickte über ihre Schulter, als wüsste sie, dass Ariella dort hinten war, und verschwand ohne ein weiteres Wort in dieselbe Richtung wie ihre Geschwister.

Verflixt und zugenäht! Wenn Ilka wusste, was mit ihm los war, würde Vater bestimmt herausfinden, dass er das Engelchen nicht mehr in seiner Gewalt hatte. Wenn es ihm Ilka nicht längst gesagt hatte. Immerhin war sie seine engste Beraterin.

Bane hatte sich nach der Sache im Klub nicht mehr in der Unterwelt blicken lassen. Alle sollten denken, er hielt Ariella hier oben gefangen. Er konnte sie ja schlecht mit nach unten nehmen. Die dämonischen Horden würden durchdrehen und über sie herfallen. Ein Engel in der Unterwelt ... das war in etwa so, als würde man blutiges Fleisch in ein Haifischbecken werfen.

Da seine Geschwister zum Marienplatz verschwunden waren, machte sich Bane in die entgegengesetzte Richtung auf und schlenderte über den Karlsplatz. Dann rannte er über die mehrspurigen Straßen, am Justizpalast entlang, auf den Alten Botanischen Garten zu. In dieser kleinen Grünanlage im Herzen von München, zwischen den dichten Laubbäumen, wäre er ungestört mit Ariella. Er hastete am Neptunbrunnen vorbei und spürte, dass sie ganz nah war.

Inmitten einer Baumgruppe blieb er stehen und drehte sich im Kreis. Aufgeregt pochte sein Herz. Er war nervös wie nie. Die Geräusche der Straße drangen nur gedämpft an sein Ohr, aber Vogelgezwitscher zerrte an seinen Nerven. Als er Ariella plötzlich sah, wie sie mit ausgebreiteten Schwingen zwischen den Stämmen stand, stockte ihm der Atem. Da war sie – sein Engel. Sie war barfuß und trug dieselbe helle Stoffhose wie am Tag zuvor, nur anstatt des Bustiers, das er ihr zerschnitten hatte, hatte sie eine Art BH an: ein weißes Tuch, das sie hinter ihrem Nacken herumgeführt hatte, vor den Brüsten und am Rücken verknotet. Der Stoff spannte sich um ihre üppigen Hügel und war so durchsichtig, dass er ihre Nippel erahnen konnte.

Bane schluckte.

Wie eine Elfe sah sie aus. Ihr Haar schimmerte rotgolden im Licht, das durch das Blätterdach fiel. Ariella hielt sich am Stamm fest, als könnte der sie beschützen, und wanderte um den Baum herum, während Bane näherkam. Sie blieb auf Abstand, und doch flehten ihre Augen ihn an.

Bane erkannte ihre Verzweiflung, ihren inneren Zwiespalt. Sie kam zu ihm zurück, obwohl er sie opfern wollte. Opfern musste!

Wie sehr musste sie leiden. Er hatte ihre Lüste und Sehnsüchte erweckt, doch sie konnte sich nicht selbst Lust verschaffen oder sie würde fallen.

Die sexuelle Energie, die sein Vögelchen ausstrahlte, schlug bis zu ihm und setzte seinen Körper in Brand, füllte ihn mit Kraft. Ihr Verlangen war seine Nahrung. Er fühlte sich zu ihr hingezogen, als wäre sie ein Magnet und er aus Eisen.

Sie schlichen umeinander herum, vollführten einen seltsamen Tanz, und

Ariella ließ es zu, dass er sich näherte. Sie sprachen kein Wort. Das mussten sie nicht, denn Bane erahnte, was sie von ihm wollte, auch wenn er es kaum begreifen konnte.

Ariella fasste in ihre Hosentasche und zog den magischen Stein hervor, der sie wehrlos machte. Sie hatte ihn nicht zerstört! Langsam streckte sie die Hand aus. Gefangen in ihrer Verzweiflung, konnte sie nicht anders, als sich ihm anzubieten, sich ihm zu unterwerfen. Sie durfte nicht sagen, was sie wollte, um nicht zu fallen, daher flehte sie stumm.

In Banes Kopf wirbelte alles durcheinander. Was geschah mit ihnen?

Das zwischen ihnen durfte nicht sein, es war unnatürlich, gegen die Regeln, gegen alle Vernunft. Dennoch nahm er den Stein an sich. Seine Finger strichen über ihre Handfläche und Ariella erschauderte.

Sie wich nicht zurück, als er den letzten Schritt, der sie trennte, auf sie zumachte. Sie presste den Rücken gegen den Stamm, ihre Schwingen zitterten. Anstatt ihr den Stein in den Nacken zu drücken, starrte er in ihre wunderschönen grünen Augen und fuhr über ihre Flügel.

Keuchend schloss sie die Augen, das Beben ihres Körpers nahm zu. Sie legte den Kopf zurück, die Lippen leicht geöffnet, und vertraute ihm ihr Leben an.

Ihm gefielen ihre Demut und Hingabe, dadurch fühlte er sich besser. Größer. Mächtiger.

Ihr noch mehr verfallen ...

Die Höllenhunde mussten ihn gebissen haben, denn er steckte den magischen Stein ein. Es erregte ihn, dass sie aus freiem Willen bei ihm blieb. Nein, nicht aus freiem Willen – den schien sie nicht mehr zu besitzen –, sondern weil nur er sie von ihrer Pein erlösen konnte.

Er drückte seinen Oberschenkel zwischen ihre Beine, presste ihn auf ihren Venushügel, bis Ariella aufkeuchte. Seine Hand legte er an ihre Taille. Dort war ihre Haut warm und glatt. Sein Arm zitterte ebenfalls, als er ihn höher führte und kurz durch den Stoff ihren harten Nippel streifte.

Wie weit durfte er gehen? Konnte er sie anfassen und ihr Verlangen stillen, ohne dass sie fiel? Er wollte sie so gerne berühren, *richtig* berühren, sie küssen, über ihre Nippel lecken, ihren Mund schmecken und sich zwischen ihren Beinen versenken.

Er musste ihr geben, wonach es ihr verlangte. Er musste ihre Gelüste befriedigen, oder er würde wahnsinnig werden. Sein Schaft pochte, seine Hoden schmerzten. Wo sollte er sie hinbringen? Wieder in den SM-Klub? Fürs Erste fiel ihm kein besserer Ort ein, wo er ihre Lust stillen konnte, ohne ihr zu nahe zu treten. Außerdem schien der Rat der Engel diesen sündhaften Fleck nicht auf dem Radar zu haben, in weiser Voraussicht. Diese Wesen waren alles andere als kalt und wohl sehr empfänglich für sexuelle Reize.

Oder traf das nur auf Ariella zu?

Bane machte einen Schritt zurück. Er zog mit seinem Finger einen großen Kreis auf den Waldboden, wartete, bis das Portal sich öffnete, drückte Ariella an sich und sprang dann in das Loch. Sie fielen durch die Öffnung in der Zimmerdecke und landeten sanft auf dem gefliesten Boden, da sein Vögelchen die Flügel ausgestreckt und sich an ihn geklammert hatte. Erneut befanden sie sich im düsteren Verlies jenes Klubs, der tagsüber menschenleer war.

An der Hand zog er Ariella hinter sich her durch die Räume. Sie brauchte diesmal mehr, brauchte es heftiger. Als er die unterschiedlichen Orgasmus- und Fickmaschinen sah, wusste er: Hier war er richtig.

Ariella folgte ihm wie ein dressiertes Hündchen. Erneut wollte sie solch eine Lust erleben und wurde nur noch von ihren Trieben gesteuert. Hastig ließ sie ihre Flügel verschwinden. Es fühlte sich nicht richtig an, sie zu tragen und hier zu sein. Das hier war kein Ort für Engel. Es war die Hölle auf Erden, die Hölle der verbotenen Lüste.

Als sie in dem Raum, der aussah wie eine Scheune, die seltsamen Apparaturen erblickte, hatte sie keine Ahnung, wozu diese gut waren.

Bane führte sie zu einer Art schwarzen Ledersattel, der auf einem Strohballen stand und wie ein halbierter, liegender Zylinder aussah. Auf dessen Scheitel befanden sich zahlreiche Noppen und ein Kabel führte zu einer Steckdose an der Wand.

»Zieh dich aus«, sagte Bane mit rauer Stimme – und sie gehorchte, schlüpfte aus der Hose und wollte eben das Tuch aufknöpfen, als er die Hand hob.

»Stopp, das mache ich.« Er trat hinter sie, um den Knoten zu lösen. Seine Finger streiften ihre Haut, wanderten ihr Rückgrat hinunter bis zu ihren Pobacken. Überall, wo der Dämon sie berührte, prickelte es. Ariella fand, dass er heute noch besser aussah als sonst. Seine blauen Augen leuchteten intensiver, sein verführerischer Körper wirkte viel attraktiver auf sie. Vielleicht, weil er nicht so düster gekleidet war und sich rasiert hatte.

Anstatt das Tuch abzuziehen, löste er auch den Knoten auf der Vorderseite und berührte dabei mehrmals wie aus Versehen ihre Brüste. Unter seinen begehrlichen Blicken kribbelten ihre Brustwarzen und wurden schnell härter.

»So wunderschön«, flüsterte er, spannte das zarte Gewebe über ihre Brüste und senkte den Mund auf den Stoff.

Ariella stieß einen überraschten Schrei aus, als Bane ihre Brustwarze durch das Tuch befeuchtete und an ihr saugte, bis eine kleine dunkelrote Spitze durch den Stoff lugte. Ariella durfte das nicht geschehen lassen!

Hastig wich sie zurück, wobei sie fast hingefallen wäre, so sehr zitterte sie. Bane griff nach ihrem Arm. »Hier geblieben, Süße. Das hier war nur der Anfang.«

Nur der Anfang … Innerlich war sie hin und her gerissen. Sie musste weg, sofort, bevor es zu spät war! Aber sie konnte nicht, war wie in Trance. Sie musste tun, was er sagte.

Das war doch verrückt!

Er ließ sie auf den Strohballen steigen, auf dem dieser schwarze Sattel mit den Noppen stand. Ihr Schoß prickelte beim Anblick des seltsamen Gerätes.

»Setz dich«, befahl er, ohne den Blick von ihrer Weiblichkeit zu nehmen.

Hitze schoss in ihr Gesicht. Sie fühlte die Feuchtigkeit, die sich zwischen ihren Schenkeln sammelte. Es war beschämend und erniedrigend, die eigenen Triebe nicht unter Kontrolle zu haben. Der Drang, von diesem Dämon berührt zu werden, war so groß, dass sie sich am liebsten auf ihn gestürzt, ihm die Kleidung vom Leib gerissen und … Nein, sie sollte nicht hier sein!

»Ich … muss gehen«, sagte sie zögerlich und wollte vom Strohballen springen, aber Bane stieg zu ihr hoch und hielt sie fest. Schnell holte er den Stein aus seiner Hosentasche.

»Ich werde dich von deinem Leiden erlösen.«

Schon lag das magische Artefakt wie festgeklebt in ihrem Nacken. Eine übermächtige Wehrlosigkeit befiel sie. Wie beim letzten Mal würde sie Bane nichts mehr entgegensetzen können. Ihre magischen Fähigkeiten waren eliminiert und ihre körperlichen Kräfte nahezu erschöpft.

Bane drückte sie nach unten, auf den seltsamen Sitz, bis ihre Füße nachgaben und sie auf die Knie sackte. Ihre pochende Spalte presste sich auf die Noppen des Sattels.

Ariella keuchte auf und widerstand dem Drang, sich an der knubbeligen Oberfläche zu reiben.

Bane stellte sich wieder auf den Boden, sodass sie seinen Unterleib vor Augen hatte. Die Beule in der Jeans zeigte seine Erregung. Zu gerne wollte sie sein männlichstes Attribut erkunden, es anfassen und erneut schmecken.

Himmel, warum zügelte der magische Stein nicht ihre sündhaften Gedanken?

Als Bane einen Schalter betätigte und sich die Noppen in Bewegung setzten, schoss pure Lust durch ihren Schoß. Die kleinen Nippel rieben an ihrer Klitoris und stimulierten sie heftig. Laut stöhnend sackte Ariella nach vorne. Bane fing sie auf, drückte ihren Kopf an seinen Bauch und streichelte über ihr Haar.

»Scht«, machte er. »Bleib locker und genieße es.«

Und wie sie es genoss! Ihre Schamlippen prickelten, ihre Klitoris pochte und mehr Feuchtigkeit floss aus ihr heraus, benetzte diesen seltsamen Sattel, der ihren Unterleib in Flammen setzte.

»Bane«, wisperte sie und hielt sich am Bund seiner Hose fest.

»Ich weiß, du hättest lieber meine Finger und meine Lippen an deiner Muschi«, sagte er.

Seine unanständige Fantasie und das schmutzige Wort schürten ihre Erregung. Ja, sie wollte ihn an ihrem Körper und keine Maschine, die sie zwar herrlich verwöhnte, aber irgendwas fehlte Ariella.

Schwer atmend lag sie an seinem Bauch, während die Noppen ihr empfindsames Gewebe massierten.

»Ich kann dich riechen«, murmelte er.

Sie konnte sich selbst riechen, was ihr unsagbar peinlich war. Aber sie roch auch Bane, seinen ureigenen, dämonisch-männlichen Duft. Das T-Shirt und seine Hose waren damit durchtränkt.

Ihre Hand rutschte tiefer, über die mächtige Beule, was Bane ein kehliges Knurren entlockte.

»Du willst ihn also?«

Schwach schüttelte sie den Kopf. Sie durfte ihn nicht wollen.

»Du *wirst* ihn mögen.« Bane öffnete die Knöpfe an seiner Jeans.

Sofort stieg sein animalischer Duft in purer Konzentration in ihre Nase. Liebe Güte, dieser Geruch war wie ein Aphrodisiakum! Ihre Scheide verkrampfte sich und pochte heftig. Dieses unglaubliche Gefühl … Der Höhepunkt war nicht mehr weit.

»Lutsch an ihm, nimm ihn in den Mund«, sagte Bane heiser, als er seinen harten Schaft befreit hatte. »Ich weiß, dass du es kannst.«

Er lag direkt vor ihren Augen. Ein wenig bekam sie es mit der Angst zu tun. Er war so riesig, zumindest erschien er ihr so – hatte sie doch keine Vergleichsmöglichkeit. Sein pralles Geschlecht war mit dicken Adern überzogen. Die Spitze glänzte, die Haut spannte.

Dieses Riesenteil hatte sie schon einmal gekostet, erst gestern. Wie tief war sie nur gefallen?

Keuchend schloss sie die Augen. Wenn sie fallen müsste, um sich diesem sündhaften Treiben immer wieder hingeben zu können, dann wollte sie fallen.

»Na los, Vögelchen, du kannst ihn fürs Erste auch nur anfassen.« Er packte ihre Hand und legte sie auf seine harte Männlichkeit.

Zögerlich schloss sie die Finger um den Schaft, konnte ihn aber nicht umfassen, so dick war er. Der Kern war fest, doch die Haut zart und glatt, als wäre sie sehr empfindlich.

»Fester, Süße.« Bane legte seine große Hand auf ihre und drückte zu. Dann pumpte er in ihre Faust.

Oh, wie dreist er war, so gar nicht schüchtern! Er nahm sich, was er wollte, benutzte sie, als wäre sie eine Puppe.

Während er in ihre Hand stieß, schaltete er an der Maschine herum. Ariella schrie, als sich die Noppen schneller über ihre Schamlippen bewegten und zusätzlich vibrierten.

»Jetzt probiere!« Bane dirigierte ihren Kopf an seine Erektion. »Nimm ihn in den Mund!« Er zwickte sachte in einen ihrer Nippel, weil sie nicht reagierte, und als sie vor Lustschmerz aufkeuchte, schob er seine Eichel einfach zwischen ihre Lippen.

Gleichzeitig stöhnten sie. Ihn zu schmecken, erneut seine salzige Lust zu kosten, war verboten gut. Zudem berührte ihr Kitzler nun durch die veränderte Position direkt die massierenden Noppen und wurde durchgeknetet. Ihre Beine zitterten, und mit letzter Kraft hielt sie sich an Banes Hüften fest. Ariella wimmerte an sein Geschlecht, weil sie jede Sekunde so weit war. Sie spürte mehr Tropfen, die aus seiner Spitze kamen, bevor er sich zurückzog, ihr Kinn in die Hände nahm und sie zwang, ihn anzusehen.

»Ich will dir in die Augen schauen, wenn du kommst«, sagte er mit rauer Stimme. Seine Iriden leuchteten kurz auf, wodurch Bane gefährlich und attraktiv zur selben Zeit wirkte.

In diesem Moment brach der Orgasmus über sie herein wie ein plötzliches Sommergewitter. Ihre inneren Muskeln kontrahierten heftig, in ihrer Klitoris zog es köstlich.

Ariellas Lider wollten sich schließen, doch Banes magischer Blick hielt sie gefangen. Ihr Herz raste, vor Lust und … Zuneigung. Ja, sie fühlte sich mit Herz und Körper zu diesem sündhaften Schurken hingezogen. Ob er sie verzaubert hatte? Sie war nicht mehr sie selbst.

Die letzte Welle der Erregung ebbte ab und Bane schaltete die Maschine aus. Erschöpft sackte Ariella gegen ihn und wollte einfach bei ihm liegen. Aber er hob sie von diesem seltsamen Bock herunter auf seine Arme. Sie schmiegte sich an seine Brust und wünschte sich, er würde sie nie wieder loslassen.

Viel zu bald legte er sie auf einer mit dunklem Leder bezogenen Bank ab. Er stellte sich neben sie – sein hartes Geschlecht ragte immer noch aus der Hose – und fuhr mit den Fingerspitzen über ihren Körper. Sachte ließ er sie über ihre Brustwarzen gleiten, umrundete beide mehrmals und strich dann tiefer. Am Venushügel kraulte er ihr spärliches Haar und stieß kurz seinen Finger in ihre Spalte.

»Nicht«, wisperte sie hilflos, obwohl seine Berührungen ein Hochgenuss waren. Zum Glück war sie zu erschöpft, um sich zu wehren. Es saß auch immer noch der Stein in ihrem Nacken.

Bane befühlte ihre geschwollenen Schamlippen, tauchte erneut in ihre Hitze und riss die Hand so hastig zurück, als hätte er sich verbrannt. Anschließend lutschte er den Finger ab und schloss genießerisch die Augen. Sein Gesicht wirkte dennoch gequält, als könne er sich kaum zurückhalten, nicht mit ihr zu schlafen. Ariella wollte es selbst so sehr, doch auch wenn sie bisher nicht gefallen war – danach würde sie es mit Gewissheit.

»Ich kann in deinen Augen lesen, was du willst«, sagte er halb stöhnend und drückte zwei Finger auf die Spitze seines Geschlechts, um seinen aufsteigenden Samen zurückzuhalten. »Und ich werde dich ficken, und wie ich dich ficken werde.« Allein die Vorstellung brachte ihn fast zum Höhepunkt.
    Rasch ließ er sich los. Wenn er sich noch länger berührte, würde er abspritzen.
    »Nein«, wisperte sie in ihrer hilflosen Art. »Tu das nicht.«
    Glaubte sie, er würde sich auf sie stürzen wie ein rücksichtsloses Arschloch – was er als Dämon ohnehin war – und sie gegen ihren Willen nehmen? Hatte sie Angst?
    Nein, ihr Blick sprach Bände. Sie wollte es!
    Gebieterisch drückte er ihre Beine auseinander, bis sie links und rechts von der Liege hingen. Ariellas Atem raste, rote Flecken tanzten in ihrem Gesicht. Ihre Schamlippen waren nass und geschwollen. Optimal vorbereitet für das, was kommen würde.
    Bane ging durch die »Scheune« und griff sich ein Gerät, das an der Holzwand hing und aussah, wie eine überdimensional große Bohrmaschine. Damit würde er sie ficken, ohne sie zu berühren.
    Der Dildo war mit einem starken Motor verbunden, der unter einem Kunststoffgehäuse steckte, an dem ein Griff angebracht war. Als Bane auf den Knopf drückte und sich der Phallus in Bewegung setzte, vor und zurück, wurden ihre Augen groß.
    In seiner Fantasie malte er sich aus, wie er sie damit nahm:
    Er stellte sich zwischen ihre gespreizten Schenkel und ließ den künstlichen Penis an ihre nasse Öffnung klopfen.
    Seufzend schloss sie die Augen.
    Ihr Anblick war beinahe zu viel für ihn. Sie genoss diese Maschine – und er musste hilflos zusehen.
    Ganz langsam drückte er den Dildo tiefer, bis die Eichel in ihrer Spalte verschwand. Ariella stöhnte, ihre Finger verkrampften sich. Ihre Nippel zogen sich zusammen. Sein Engel empfand Lust.
    Bane starrte auf die Stelle, an der das Toy immer weiter in sie glitt. Er schaltete eine Stufe höher und der Dildo bewegte sich schneller vor und zurück, hämmerte richtig in sie. Es schmatzte und mehr Saft lief aus ihr.
    Sie brauchte mehr, brauchte es hart. Daher drehte er Ariella auf den Bauch und schnallte sie an der Liege fest. Damit schob er sie zur anderen Wand, an der eine Fick-

maschine fest installiert war. Die würde sie richtig rannehmen ...

Nein. Nein!

Nur er konnte ihr geben, was sie brauchte. Sie war nicht gefallen, weil er sie nicht berührt hatte und sie nichts für ihr Handeln konnte. Er hatte sie abhängig gemacht.

Ein sexsüchtiger Engel.

Bane konnte sich nicht mehr beherrschen. Er wollte in ihr sein, wenn schon nicht in ihrer engen Muschi, dann in ihrem Mund. Und er wollte sie kosten. Er *musste* sie kosten. Ihr Duft schwängerte den Raum und ihr Geschmack auf seiner Zunge hatte ihn süchtig gemacht.

Er warf das lächerliche Gerät zur Seite, kniete sich verkehrt herum auf Ariella und drückte seinen Penis an ihre Lippen.

Ariellas Mund empfing ihn willig, und als sie an seiner Eichel saugte und ihre Zunge in seine Spalte stieß, knurrte er laut auf. Der Druck in seiner Wurzel war enorm, doch Bane wollte nicht kommen, bevor er nicht erneut von dieser süßen Quelle gekostet hatte. Er zog ihre Schamlippen auseinander und pflügte mit der Zunge durch ihr nasses Tal.

Ariella stöhnte an sein Geschlecht und ihre Hüften zuckten ihm entgegen, sodass seine Zunge in ihr verschwand. Wie glatt sie zwischen den Schenkeln war, wie köstlich sie schmeckte! Das alles sollte ihm gehören, auf ewig.

Er sollte sie befriedigen, keine Maschine!

Plötzlich wünschte er sich, sie würde fallen. Dann würde sie in die Unterwelt kommen und er würde Anspruch auf sie erheben. Nein, Vaters Nachfolger würde Anspruch auf sie erheben. Bane musste nur dafür sorgen, dass er der nächste Herrscher wurde und Ariella gehörte ihm, für immer. Aber ob sie das wollte? Und wollte er wirklich das Oberhaupt der Unterwelt werden? Sein Lotterleben hätte ein Ende. Er müsste ein Reich regieren, die Horde in Schach halten, ständig kämpfen und die Botschaft des Bösen verbreiten. Er hätte kaum noch Zeit für die schönen Dinge im Leben. Ariella wäre sicherlich todunglücklich, dort unten in ewiger Finsternis, als seine Gefangene.

In seiner Verwirrung und Verzweiflung drückte er sich tiefer in ihren Mund. Gierig lutschte und saugte sie an ihm, als wäre sie genauso süchtig nach seinem Geschmack wie er nach ihrem.

»Du willst wieder von mir kosten?«, grollte er an ihr nasses Geschlecht und verfluchte sich, weil er nicht ebenso nackt war wie Ariella. Seine Haut an ihrer zu reiben wäre das Nonplusultra.

Sie erwiderte nichts, sondern lutschte hingebungsvoller. Das war ihm Antwort genug. Er zog ihre Schamlippen noch weiter auseinander, bis das zarte Gewebe gespannt war und ihr Kitzler völlig frei lag. Bane saugte ihn ein, knabberte mit den Lippen daran und schlug hart mit der Zunge dagegen, bis sich Ariella unter ihm aufbäumte. Ein Schwall Feuchtigkeit ergoss sich aus ihrer Scheide, als sie erneut zum Höhepunkt kam. Jetzt hielt auch Bane nichts mehr zurück. Er schob sich tiefer, benutzte ihren Mund, als wäre er ihre Spalte, und spritzte in ihren Rachen. Er hörte, wie sie schluckte, was ihn mehr befriedigte als bei all seinen Eroberungen davor. Ein Engel, ein richtiger Engel, saugte an seinem Schwanz und trank seinen Samen.

Als es vorbei war, zog er sich aus ihr zurück, legte den Kopf auf ihren Oberschenkel und küsste ihr gerötetes Geschlecht. Es war wunderschön und perfekt.

Wie sollte es jetzt weitergehen? Was würde Vater mit ihm anstellen, wenn er erfuhr, wie viel sein Sohn für dieses Geschöpf empfand?

Verdammt, wie hatte es nur so weit kommen können?

Bane stand auf und schloss die Hose. Er war komplett angezogen, während Ariella nackt und erschöpft auf der Bank lag, die Lippen geschwollen, die Augen geschlossen. Sie sah so wunderschön aus, dass ein heftiger Stich durch seine Brust raste.

Er musste das beenden. Jetzt.

Langsam beugte er sich zu ihr. Da öffnete sie die Lider. Ihre grünen Iriden schimmerten.

»Bane«, wisperte sie und es klang wie eine Liebeserklärung.

Ihr Mund glänzte. Er wollte von ihm kosten. Würde sie nach ihm schmecken, nach seinem Samen?

Er schob eine Hand unter ihren Nacken und schloss die Finger um den Stein.

Sofort legte Ariella die Arme um ihn, ihre Hände fuhren unter sein Shirt.

»Tu das nicht«, flüsterte er hilfloser als sie zuvor. »Du weißt, dass das nicht richtig ist.«

»Aber es fühlt sich richtig an, Bane.« Ihr Mund kam näher, streifte den seinen. Ihre Finger erhitzten seine Haut, zerwühlten sein Haar.

Er schüttelte den Kopf. »Das muss ein Ende haben.« Seine Stimme war kaum mehr als ein Hauch. Ariellas Lippen zu berühren, zart mit den seinen darüberzustreichen, fühlte sich unendlich besser an, als mit ihr Sex zu haben. Da wuchs ein neues Gefühl in ihm, das ihm eine Heidenangst einjagte, und doch gefiel es ihm.

Er musste es beenden, bevor die ganze Sache eskalierte.

Noch bevor er sie richtig küsste, wich er zurück, bis ans andere Ende des Raumes. Der magische Stein lag in seiner offenen Hand. Bane konzentrierte sich und ließ einen blauen Feuerball auf seiner Handfläche erscheinen, der das Artefakt in Brand setzte.

Ariella sprang auf. »Was tust du da!?«

»Es beenden, ein für alle Mal.« Ohne den Stein kämen sie beide nicht mehr in Versuchung, hoffte er, und blies die Asche von seiner Haut.

Tränen glitzerten in ihren Augen. Sie öffnete den Mund, als wollte sie etwas sagen, schloss ihn jedoch wieder.

Ariella war stark, sie würde darüber hinwegkommen. Außerdem war sie noch nicht gefallen, trotz allem, was sie getan hatten. Es war für sie noch nicht zu spät. Plötzlich wollte Bane nicht mehr, dass sie fiel. Vater würde sie bestimmt für sich beanspruchen und nach der Krönung würde sie seinem Nachfolger gehören. Gefallene Engel waren begehrt. Die konnte man quälen, denn sie würden nicht so schnell sterben, da sie sich, genau wie Dämonen, regenerieren konnten. Gefallene mussten für die Taten büßen, die ihre himmlischen Kollegen den Dämonen antaten. Und falls Mort der neue Teufel würde – und der besaß die besten Voraussetzungen –, würde Ariella tatsächlich durch die Hölle gehen.

Sie stieg in ihre Hose und band sich das Tuch vor die Brust. »Das war es also?«, sagte sie mit erstickter Stimme. »Hast du das alles geplant, um mich zu quälen?«

»So ist es«, erwiderte er matt. Sollte sie das von ihm denken. Es war ja nur halb gelogen. Er hatte sie quälen wollen, mit ihr spielen, sie verführen und lustvoll malträtieren, doch jetzt schnürte es ihm die Brust ein.

Bane malte einen Kreis an die Holzwand, während Ariella ihn aufs Übelste verfluchte.

So war es besser. So war es richtig. Engel und Dämon – das passte nicht zusammen.

Mit hängendem Kopf verschwand er durch das Tor und kam mitten im Nirgendwo der Arktis heraus. Ein Schneesturm empfing ihn, eisiger Wind peitschte ihm ins Gesicht. Genau das brauchte er jetzt. Eiseskälte, die sein Herz umfing, um endlich wieder der zu werden, der er einmal gewesen war.

Der Tag der Krönung war gekommen. Die Vorbereitungen zur Zeremonie liefen sicher auf Hochtouren, aber Bane wollte sich davon nicht selbst überzeugen. Er sah, wie immer mehr Menschen in die Frauenkirche gingen, den Blick verklärt, das Gesicht eine starre Miene. Wie Roboter. Er wollte die Kirche nicht betreten, da ihn seine Geschwister ohnehin ständig fragten, wo er den Engel habe.

»Die Engelsseele wird da sein, wenn es so weit ist«, hatte Xadist heute Morgen zu seiner Schwester Maja gesagt. »Vater hat behauptet, er habe vorgesorgt. Und Ilka hat sich noch nie geirrt.«

Das war eine Tatsache, die Bane massiv beunruhigte. Doch was meinte Xadist mit »vorgesorgt«?

Nervös lief er vor dem Eingang auf und ab. Er musste Ariella dringend warnen oder besser: von hier wegbringen. Wie immer war sie in der Nähe, überwachte ihren Bezirk. Bane spürte sie. Doch nach allem, was geschehen war, würde sie bestimmt nicht mehr zu ihm kommen. So hatte er es auch gewollt. Mist, er hatte nicht nachgedacht; die Taktik war völlig falsch gewesen. Er hätte sie heute irgendwo treffen sollen, ganz weit weg von hier.

Jetzt verfluchte er sich, die Bohrinsel in die Luft gesprengt zu haben. Der Ort wäre ideal gewesen, um sich eine Weile zu verstecken. Mit ihr.

Dunkle Wolken hatten sich über München zusammengebraut, und das Wetter passte optimal zu seiner Stimmung. Was sollte er tun? Ohne die Seele eines Engels würde Vater nicht sein ganzes Wissen und das seiner Vorväter auf den Nachfolger übertragen können. Der zukünftige Teufel wäre nicht mächtiger als irgendein anderer Dämon der Horde.

Er war erledigt.

Plötzlich spürte er einen Luftzug hinter sich und drehte sich um. »Ariella!«

»Ich habe nachgedacht und weiß, dass du das gestern nicht so gemeint hast, denn du hast das nur getan, um mich zu schützen. Ich habe überreagiert und … Ach, das kann warten bis später. Eigentlich wollte ich dich fragen, was hier los ist.«

Er war so erleichtert, sie zu sehen, dass er sie am liebsten umarmt hätte. Hastig schaute er sich um. Seine Geschwister waren nirgendwo zu erblicken. Er nahm ihre Hand und zog sie daran hinter die Kirche. »Du musst weg!«

»Ich kann nicht weg, Bane, ich spüre, dass sich hier dunkle Kräfte bündeln. Ich muss Verstärkung holen.« Kurz musterte sie den düsteren Himmel, die Stirn gerunzelt. »Heute ist Freitag der Dreizehnte, immer ein gefährlicher Tag. Euereins hat dann besonders viel Unsinn im Kopf.« Ein Lächeln huschte über ihre Lippen, das ihr Gesicht erhellte, aber Bane war nicht nach Scherzen zumute.

»Sie wollen dich, deine Seele, daher musst du von hier verschwinden!« Er zog sie weiter, in eine Nische zwischen zwei Häusern.

»Was passiert hier? Bitte rede mit mir!« Sie schaute sich ebenfalls um. »Ich kann nicht einfach weglaufen, schließlich habe ich einen Job zu erledigen.«

»Bring uns zuerst hier fort. Weit weg. Ich will kein Portal erschaffen, denn Portale hinterlassen Spuren, die Vater aufspüren kann.« Der Teufel war unglaublich mächtig. Er konnte von einem Ort zum anderen gelangen, ohne durch Portale zu reisen. Das Wissen hatte er auch von seinen Vorgängern.

»Aber ...«

»Bitte!« Verdammt, sie war so stur!

»Okay, aber nur kurz. Um in Ruhe zu reden.« Ariella legte die Arme um ihn und ihre Nähe beruhigte ihn. »Halte dich ganz fest.«

Das brauchte sie ihm nicht sagen. Seine Hände lagen bereits auf ihrem drallen Hintern, an dem er sie an seine Lenden drückte. Sämtliche Luft wurde aus seinen Lungen gepresst, während er sich gemeinsam mit Ariella wie ein Wirbelwind im Kreis drehte. Als sie sich beide in eine Säule aus fast durchsichtigem Rauch auflösten und in den Himmel schossen, bestand Bane nur noch aus seinem Bewusstsein. Es war ein seltsames Gefühl, seinen Körper nicht mehr zu spüren. Er hatte gedacht, Ariella würde ihre Schwingen ausbreiten und mit ihm wegfliegen, aber auf diese Art konnten sie natürlich weiter und schneller reisen.

Als er kurz darauf festen Boden unter den Füßen fühlte und auch sein Körper wieder ihm gehörte, musste er sich hinlegen, so schwindlig war ihm. In seinen Ohren rauschte es. Es dauerte eine Weile, bis er einen Wasserfall für das Rauschen verantwortlich machte.

»Alles in Ordnung?«, fragte sie spöttisch.

Bane fuhr sich übers Gesicht und setzte sich auf. »Deine Nähe hat mich umgehauen, Süße. Der Flug war ein Zuckerschlecken.«

Sie runzelte die Stirn. »Versuchst du dich bei mir einzuschleimen, Dämon?«

»Das brauche ich nicht. Du findest mich ohnehin phänomenal.«

»Überheblicher Kerl«, murmelte sie und verschränkte die Arme vor der Brust.

Er befand sich auf einer steinernen Plattform, auf die Wasser in ein Felsbecken stürzte, das zum Baden einlud. Es war eine von mindestens sieben natürlichen Stufen, wie er erkannte, als er an den Rand der schmalen Ebene ging. Das Wasser fiel bestimmt zweihundert Meter in die Tiefe, unterbrochen von Kaskaden, in einen dunkelgrünen See. Dieser war von hohen Bergen eingeschlossen. Auf den steilen Felswänden wuchsen überwiegend Tannen, auf den kargen Gipfeln lag sogar Schnee. Schnee, im Hochsommer! Die Berge waren überwältigend.

Bane drehte sich zu Ariella um, die am Rande des Beckens bis zu den Knöcheln im Wasser stand. »Wo sind wir hier?«

»Am Königssee. Beim Königsbachfall«, sagte sie und spritzte ihn mit ihrem Fuß nass. Das Wasser war kühl, doch als Dämon hatte er keine allzu großen Probleme mit Kälte. Sein gestriger Ausflug in die Arktis hatte er ebenfalls unbeschadet überstanden. Nach einer Stunde Marsch durch den Schneesturm hatte er sich frustriert, entkräftet und kein bisschen besser gelaunt auf eine Karibikinsel gebracht, wo er eine Stunde im Sand gelegen und sich von der Sonne hatte brutzeln lassen.

»Ist es hier nicht wunderschön?« Sie deutete auf ein Ausflugsschiff, das von hier oben winzig aussah und gemütlich über den dunkelgrünen Wasserspiegel glitt.

Er hatte keinen Blick für die Landschaft übrig, sondern starrte auf Ariella. Sie sah anders aus. Umwerfend. Sie hatte schon immer umwerfend ausgesehen, doch … Hatte sie sich etwa für ihn schick gemacht? Anstatt ihrer legeren Stoffhose trug sie weiße Röhrenjeans, die wie eine zweite Haut saßen und jede weibliche Kurve betonten. Dazu ein gepolstertes Bikini-Oberteil, ebenfalls weiß, das ihre großen Brüste anhob, sodass sie Bane noch verlockender erschienen. Ihre Lippen glänzten in einem zarten Rosa. War das Lipgloss?

»Ich komme gerne her, um dem Trompetenspieler zuzuhören. Das Schiff mit den Touristen hält vor einer Felswand, die den Ton zurückwirft. Das Echo kannst du bis hier herauf hören. Und dort …« Sie zeigte auf die flach auslaufende Stelle, wo der Wasserfall in den See mündete. »Sag mal, hörst du mir überhaupt zu?«

»Hm?« Schnell sah er ihr in die Augen.

Als Ariella lachte, fing sein Herz an zu rattern. »Du hast kein Wort verstanden.«

»Doch«, sagte er hastig und verfluchte sich, weil er nicht richtig aufgepasst hatte. »Du würdest gerne Trompete spielen lernen.«

Liebevoll murmelte sie: »Dummer Dämon«, zwinkerte ihm zu, sodass ihm heiß wurde, und fuhr fort. »Es ist noch früh, aber im Laufe des Vormittags und besonders am Nachmittag kommen Einheimische zum Baden her. Ist wohl auch für die Menschen ein paradiesischer Ort.«

Er horchte auf. Anscheinend verzauberte der Anblick der Berglandschaft Ariella so sehr, dass sie vergessen hatte, ihn über das drohende Unheil auszufragen. Das war die beste Voraussetzung, sie weiter abzulenken. Die Krönung sollte gegen Mittag stattfinden. Wenn er es schaffte, Ariella so lange aus München fernzuhalten, wäre sie in Sicherheit.

Bane machte sich zwar sehr große Gedanken, was Vater und seine Geschwister mit ihm anstellen würden, weil er nicht da war und den Engel brachte, aber das wäre später sein Problem.

Ariella bemerkte Banes Nervosität. Ständig fuhr er sich durchs Haar oder rieb sich das Kinn. Er kam ihr wie ein großer Junge vor, nur strahlte er die Attraktivität eines erwachsenen Mannes aus. Eines Dämons. Geheimnisvoll, ein wenig bedrohlich, mächtig. Er würde ihr niemals etwas antun, oder wieso hätte er sonst den magischen Stein zerstört?

Sie hatte lange nachgedacht, warum er sie in dem SM-Studio so verletzt zurückgelassen hatte. Bane war nicht böse, sein Wesen nicht so dunkel wie das der anderen Dämonen. Diese verborgene Reinheit strahlte immer stärker in ihm.

Warum hatte er sie aus der Stadt weggelockt? Wollte er sie wirklich vor einer Gefahr beschützen oder nutzte er die Gunst der Stunde, um erneut mit ihr ungestört sein? Dass er die Finger nicht von ihr lassen konnte, sah sie an seinem Blick. Auch von seiner Seite hatte sich etwas zwischen ihnen entwickelt. Ariella wusste nicht, ob das gut oder schlecht war. Dem Rat würde es sicher gefallen, wenn sie es schaffte, einen Dämon zu bekehren. Aber den Sex würde er doch niemals gutheißen! Und je länger sie Bane anschaute, desto mehr wollte sie in seinen Armen liegen, von ihm gestreichelt und geküsst werden.

Er sah müde aus. Schatten umrahmten seinen Augen, sein Gesicht wirkte angespannt. So ernst.

Sie ging zu ihm und legte eine Hand an seine Wange. Bartstoppeln kitzelten ihre Fingerspitzen. Heute hatte er sich nicht rasiert.

»Sagst du mir, was los ist?«, fragte sie leise.

Seufzend schloss er die Augen und schmiegte sich kurz an ihre Hand. »Mach ich. Aber lass uns erst ein Bad nehmen, hm?«

Während er sich sein Shirt über den Kopf zog, stockte ihr der Atem. Sie hatte noch nie seinen nackten Oberkörper erblickt. Seine Bauchmuskeln waren gut erkennbar. Ein richtiges Sixpack kam zum Vorschein, wie bei diesen Plakatmodels für Männerunterwäsche. Seine Brust war spärlich behaart, die Brustmuskeln ausgeprägt. Unter dem T-Shirt war ihr das kaum aufgefallen.

Ihre Knie wurden weich. Er sah wie ein spartanischer Krieger aus. Zahlreiche Narben zierten seinen Körper. Bane hatte sich wohl oft zur Wehr setzen müssen. Das Leben in der Unterwelt war hart, die Machtverhältnisse wurden ständig ausgekämpft.

Als er auch noch aus der Hose schlüpfte, seufzte sie vor Verzückung. Ihr Blick fiel unweigerlich auf sein Geschlecht, das nicht steif war, aber leicht geschwollen. Penisse sahen schon irgendwie lustig aus, wie sie so rüsselartig zwischen den Beinen baumelten, fand Ariella und lächelte.

Bane bemerkte ihren Blick und zeigte auf seinen Schritt. »Stimmt damit irgendwas nicht, oder was ist so lustig?«

Hitze schoss in ihr Gesicht, hastig schaute sie ihm in die Augen. »Alles bestens«, krächzte sie und wollte sich am liebsten in Luft auflösen.

Er grinste wölfisch. »Nur bestens? Er ist perfekt.«

Schnaubend stemmte sie die Hände in die Hüften. »Du bist ziemlich von dir überzeugt.«

»Du doch auch von mir, sonst würdest du nicht schon wieder auslaufen.«

»Was?« Ihre Wangen wurden noch heißer. Schnell betrachtete sie ihre Hose, konnte aber nichts erkennen. Der Dämon hatte sie reingelegt!

»Ich kann dich riechen, Süße«, raunte er in ihr Ohr, als er an ihr vorbeiging und wie ein Herrscher ins Wasser stolzierte. Ariella starrte auf seine langen, leicht behaarten Beine und betrachtete die süßen Grübchen über seinen Pobacken. Wahrlich perfekt. Dämonisch gut aussehend. Aber sahen nicht die meisten Unterweltler fantastisch aus? Bane war allerdings ein Prachtexemplar erster Klasse. Kein Wunder, dass er so eingebildet war.

Als sie sich wieder gesammelt hatte, rief sie: »So gut kann kein Dämon riechen!«

»Wie?« Die Brauen erhoben, drehte er sich zu ihr um. »Ich rieche nicht gut? Dann muss ich mich waschen.«

»Deinen Geruchssinn meinte i...« Sie verschluckte sich und räusperte sich hart. Bane stand bis zu den Oberschenkeln im Wasser – tiefer war das Becken nicht – und spritzte sich das Nass unter die Arme. Dann wusch er provozierend langsam sein Geschlecht und rieb über den Schaft, bis er sich aufgerichtet hatte. Dabei sah er ihr herausfordernd in die Augen. Sein verklärter Blick brachte ihre Schutzmauern ins Wanken. Sie hatte sich nicht mehr von seinem Charme und seinem Aussehen blenden lassen wollen, aber gegen diesen dämonischen Verführer war sie machtlos.

»Kommst du jetzt auch rein oder muss ich dich holen?«, fragte er mit rauer Stimme.

Ein kurzes Bad würde nicht schaden, befand sie und streifte sich die enge Hose ab. Darunter trug sie einen weißen Bikinislip.

Bane musterte sie unverhohlen. »Hast du gewusst, dass wir heute plantschen gehen, oder warum hast du einen Badeanzug an?«

»Ich nehme jeden Freitagmorgen im Schwabinger Bach ein Bad«, rechtfertigte sie sich. »Und außerdem ist das ein Bikini. Viel Ahnung von Damenmode hast du nicht.«

»Dame?« Er lachte. »Du bist keine Dame, denn die benehmen sich nicht so verdorben. Außerdem hat mich eure Kleidung nie sonderlich interessiert.« Er starrte auf ihre Brüste, die durch das Push-Up-Oberteil noch größer wirkten. »Dafür hab ich eine Menge Ahnung von weiblicher Anatomie.«

Das wette ich, dachte sie zähneknirschend, schluckte einen dummen Spruch hinunter und holte ihr Smartphone aus der Hose am Boden.

Bane erstarrte. »Wen rufst du an?«

»Julius«, sagte sie, während sie bereits die Nummer ihres Kollegen wählte. »Er soll ein Auge auf meinen Bezirk haben.«

»Julius?« Bane runzelte die Stirn und trat an ihre Seite. Dabei stupste seine Erektion an ihren Po, was er bestimmt absichtlich machte!

»Hey, Jul«, meldete sie sich mit zitternder Stimme, weil Bane sie aus dem Konzept brachte. »Kannst du bitte die nächste Stunde meinen Bereich ein paar Mal überfliegen, ich muss mich außerhalb um ein Problem kümmern.«

»Problem?« Bane wollte nach dem Handy schnappen, doch Ariella drehte sich von ihm weg und ließ ihre Flügel hervorbrechen, sodass er gegen eine weiche Wand prallte.

»Wer ist bei dir?«, drang es aus dem Hörer.

»Jemand, um den ich mich kümmern muss.« Sie versuchte Bane nicht weiter zu beachten, was schwer war, da er über ihre Federn strich und die Nase darin versenkte. Das ging ihr durch und durch. Daher ließ sie ihre Schwingen wieder verschwinden, was es nicht besser machte, da er ihr nun ungehindert Ferkeleien ins Ohr flüstern konnte.

»Ich kenne noch jemanden, um den du dich ganz dringend kümmern musst«, flüsterte er und rieb sein hartes Geschlecht an ihrem Höschen.

Ariella machte einen Schritt zur Seite und teilte ihrem Kollegen mit, besonders wachsam zu sein, bevor sie auflegte. Schnell stellte sie das Handy von Vibrationsalarm auf Klingelton um, damit sie hörte, wenn jemand anrief. Sie schob das Gerät in ihre Hose zurück und legte sie auf einen kleinen Felsbrocken, wo sie nicht nass wurde.

Dann wirbelte sie herum. »Kann ich nicht mal eine Minute ungestört telefonieren?«

»Bist du mit diesem Jul enger bekannt?« Eine tiefe Falte hatte sich zwischen Banes Augen gebildet.

»Eifersüchtig, Dämon?«, fragte sie schmunzelnd.

»Auf einen Engel?« Er schnaubte amüsiert. »Das sind doch alles Strohsternbastler.«

Sie lachte auf, da sie Julius vor Augen hatte, der versuchte, mit seinen kräftigen Fingern unbeholfen einen Strohstern herzustellen. Julius hatte die Statur von Herkules und war eher dazu geschaffen, ordentlich draufzuhauen. Die Unterweltler in seinem Bezirk hatten nichts zu lachen. »Und was bist dann du? Ein Höllenhundstreichler?«

Bane grinste bis über beide Ohren, was ihr Herz aus dem Takt brachte. »Hey, mein Engelchen hat Verstand und Humor.«

»Verstand wohl eher weniger«, murmelte sie, als er sie an der Hand nahm und ins Wasser zog.

Bane war anders als sonst. Witzig und – auf seine Art – extrem charmant. So gespielt locker. Das machte sie stutzig. Er wollte sie bestimmt verführen, um sie aus München fernzuhalten. Wie gerne sie sich von ihm verführen lassen wollte und vergessen, wer sie waren. Aber sie hatte einen Job zu erledigen, von dem sie sich ohnehin zu lange hatte ablenken lassen.

Ariella entzog ihm die Hand. »Glaubst du, ich falle auf dein Ablenkungsmanöver rein? Du sagst mir sofort, was gespielt wird!« Sie spürte zwar, dass seine Gefühle für sie echt waren – doch Dämon blieb Dämon.

Plötzlich sprang er auf sie zu. Ariella fiel ins Becken und tauchte unter. Bane, der auf ihr lag, hatte seine Hand auf ihren Hinterkopf gedrückt, als wollte er nicht, dass sie sich am Felsen verletzte. Sein Körper, der ihr in dem kühlen Wasser wie glühender Stahl vorkam, presste sich an sie. Deutlich spürte sie seine Erektion an ihrem Oberschenkel.

Sie boxte gegen seine muskulösen Arme und den Torso, aber Bane ließ nicht von ihr ab. Sie kratzte über seinen Rücken und kniff in die festen Pobacken.

Prustend kamen sie nach oben, er weiterhin auf ihr. Er schob sie zum Rand des Beckens, bis sie im flachen Wasser lagen.

»Wildes Kätzchen«, raunte Bane, der tropfnass auf sie heruntersah. Strähnen seines dunklen Haares klebten ihm auf Stirn und Wangen. Wie ein Seeräuber kam er ihr vor.

»Lass mich gehen.«

»Ich lass dich erst nach Mittag zurück«, sagte er atemlos und küsste sie.

Ariella, die von seinem Angriff immer noch überrascht war, erwiderte den Kuss automatisch. Sie schmeckte das klare Gebirgswasser und genoss die Weichheit seiner Lippen.

Er war tatsächlich ein Räuber, denn er hatte ihr einen Kuss gestohlen, und was für einen. Bane war ein fantastischer Küsser. Seine Zunge suchte neckend nach ihrer, stupste sie an, und als sie ihm zögerlich entgegenkam, umspielte er sie stürmisch.

Während er an ihren Lippen saugte und knabberte, hob er ihr seine Hüften entgegen. »Du bist wie ein Energie-Drink für mich.« Seine Bewegungen wurden wilder und wilder. »Wie eine Starkstrombatterie.«

Wäre ihr Bikini nicht gewesen, hätte Bane sicher längst sein dämonisches Geschlecht in sie getrieben. Ariella war bereit für ihn, bereit für seine Größe. Als Engel war sie nicht empfindlich; ihr Körper würde ihn aufnehmen.

Auf einmal befiel sie das unbändige Verlangen, ihn in sich zu spüren. Doch dann wäre sie verloren! Kein Engel mehr, eine Gefallene ...

Sie wollte ihn von sich schubsen, aber da er sie fest in den Armen hielt, schaffte sie es nur, sich auf ihn zu drehen. Mit gespreizten Beinen hockte sie genau auf seinem harten Geschlecht, das sich durch ihr Höschen an ihre Scham drückte. Automatisch rieb sie sich an ihm und Bane legte die Hände an ihre Pobacken, um sie fester auf sich zu ziehen.

Beide keuchten sie auf.

»Du brauchst es dringend, was, Engel?« Bane holte ihren Kopf heran, um sie abermals zu küssen, doch sie wich ihm aus. Sie rangen miteinander. Mal lag er oben, mal sie. Es war ein spielerischer Kampf, bei dem keiner von ihnen seine vollen Fähigkeiten einsetzte. Sie fochten nur mit Muskelkraft, neckten sich, spielten miteinander. Bis es Bane anscheinend reichte. Hart presste er sie unter sich und drang mit einer Hand in ihr Höschen ein.

Ariella stöhnte, als seine Finger ihre Schamlippen teilten und ihr Inneres austasteten.

»Ich hab doch gewusst, dass du feucht bist«, raunte er an ihre Lippen, bevor er sie erneut küsste. Härter und unnachgiebiger diesmal.

Ihre Mauern waren gefallen. Sie schob die Finger in Banes nasses Haar und hielt seinen Kopf fest. Ihre Münder trafen stürmisch aufeinander, ihre Zungen vollführten einen wilden Tanz.

Er zog ihr das Bikinioberteil ein Stück nach unten, bis ihre Brüste freilagen. Auch dort stellte er ihr seine Zungenfertigkeit unter Beweis. Er lutschte, leckte und saugte so lange an ihren Knospen, bis sie hart und geschwollen waren und dunkelrot leuchteten.

»Wie Beeren«, murmelte er und knabberte mit den Lippen an ihnen.

Glühende Lust schoss zwischen ihre Schenkel. Das Wasser brachte keine Linderung.

Ariella lag nur da und ließ sich von diesem sündhaften Schurken verwöhnen, der sich an ihrem Körper bediente, als hätte er freie Auswahl. Sie leistete keinen Widerstand, selbst als er sich wieder auf sie legte, ihr Höschen zur Seite schob und seine Eichel über ihr Geschlecht gleiten ließ. Er stupste an ihre Klitoris und Ariella bäumte sich vor Verlangen auf. Ihre Hüften zuckten, sie legte die Beine um seinen Rücken.

Er rieb sich an ihr, schneller und fester – bis es plötzlich geschah: Seine dicke Spitze presste sich gegen ihre Öffnung. Zur selben Zeit hob Ariella den Unterleib, Bane presste sich an sie.

Und er war in ihr, mit seiner Eichel.

Beide erstarrten.

Er sah auf sie herab, seine Lippen nur Millimeter von ihrem Mund entfernt, und keuchte, die Augen aufgerissen. Auch Ariella lag steif unter ihm, genoss jedoch die sanfte Dehnung, die er in ihr verursachte. Das köstliche Ziehen verbreitete sich wie ein Buschfeuer, setzte alles in Brand, jeden Nerv, jeden Muskel.

Sie starrten sich an, als ob sie nicht wussten, was sie tun sollten. Dabei glitt Bane unendlich langsam tiefer in sie. »Halte mich auf«, wisperte er. Seine Stimme klang gepresst, als würde es ihn größte Mühe kosten, zu sprechen.

Ariella wusste: Sie musste ihn stoppen. Dennoch gehorchte ihr Körper ihr nicht. Stattdessen krallten sich ihre Finger in das muskulöse Fleisch seines Hinterns. Ihr Unterleib drückte sich ihm ruckartig entgegen, und schon glitt Banes mächtige Erektion tief in sie.

»Mädchen«, knurrte er und küsste sie so fest, dass ihr die Luft wegblieb.

Sein enormer Schaft dehnte ihre Scheidenwände, seine Eichel stieß gegen ihre innere Pforte. Ariella schrie vor Ekstase. Sie schrie in Banes Mund, der ihre Laute abfing, sodass sie nicht von den Bergen widerhallten.

Dieses Gefühl, ausgefüllt zu sein von dem Mann, den sie begehrte, war mit nichts zu vergleichen. Bane bewegte sich erst gemächlich, bald schneller in ihr. »Du bist so eng«, stöhnte er halb, während er sie küsste und nie den Blick von ihr nahm. »Und wunderschön.«

Waren das Tränen in seinen Augen?

»Es tut mir so leid«, murmelte er.

Seine Stöße gewannen an Energie. »Ich …«

»Pst.« Sie drückte ihre Lippen auf seinen Mund. »Nimm mich einfach!«

Laut stöhnend bäumte er sich auf, schob seine Hüften vor und zurück. Ariella musste ihn überall berühren, seine erhitzte Haut, die Narben und Muskeln. Ihre Brustspitzen schmerzten vor Lust; jede Zelle sehnte sich nach Bane.

»Ariella!« Er wurde noch härter in ihr.

Sie wusste, er stand kurz vor dem Höhepunkt. Sie konnte ihren auch nicht mehr zurückhalten und ergab sich dem Verlangen. Während sich ihr Inneres um seinen Schaft krampfte und ihn molk, füllte er sie mit seinem Samen. Dabei stieß er langsam und tief in sie, knurrend wie ein Tiger.

Seine Küsse schmeckten, genau wie ihre, ehrlich, aber nach Verzweiflung. Ihre Lippen trennten sich erst, als der Gipfel der Lust abgeklungen war.

Stirn an Stirn rangen sie nach Atem, blickten sich tief in die Augen.

»Ich werde dich mit meinem Leben beschützen«, sagte er.

Zärtlich streichelte sie sein Gesicht, den Nacken und seinen Rücken. »Ich weiß«, wisperte sie, ängstlich und glücklich zur selben Zeit. Sie hatte keine Ahnung, was jetzt passieren würde, wann genau sie fiel und in die Unterwelt musste.

»Ich werde da sein und um dich kämpfen. Du bist mein.«

»Bane …« Sie wusste nicht, was sie ihm antworten sollte. So viel ging ihr durch den Kopf und doch fühlte er sich leer an. Wenn sie doch ewig hier im Becken liegen bleiben könnten, eng aneinander geschmiegt.

Banes Geschlecht in ihr war weicher geworden, aber es fühlte sich weiterhin gut an mit ihm verbunden zu sein, auf die intimste Weise. Leider zog er sich zurück, blieb jedoch auf ihr und streichelte sie. Auch Ariella fuhr über seinen Rücken und stutzte, als sie an seinem Schulterblatt einen dünnen Gegenstand ertastete, der sich wie ein Zahnstocher anfühlte. Wie ein flauschiger Zahnstocher. Wie eine ...

»Was habe ich da?«, fragte er.

»Ich bin mir nicht sicher.« Das konnte nicht sein, es war unmöglich eine ...

Bane hob die Brauen. »Ariella?«

»Ich weiß es nicht, e-es steckt fest.«

»Was ist es?«

Als sie nichts erwiderte, befahl er: »Reiß es raus. Ich will es sehen!«

Sie umschloss den Kiel und zog daran.

»Fuck!« Er kniff die Lider zusammen. »Das hat wirklich wehgetan.«

Als sie eine kleine schwarze Daunenfeder vor ihre Augen hielt, verschlug es ihnen die Sprache. Ariella hatte es vermutet, schließlich wusste sie, wie sich einen Feder anfühlte. Aber wieso wuchs sie aus Banes Rücken?

Bevor sich einer von ihnen dazu äußern konnte, wurde Bane von Ariella heruntergerissen. In hohem Bogen flog er über das Becken und knallte mit dem Rücken gegen die Felswand, sodass Ariella das Knacken von Knochen bis zu sich hören konnte. Keuchend kam er neben dem Wasserfall zu liegen.

»Bane!«, riefen Ariella und eine schwarzhaarige Frau gleichzeitig. Es war Ilka, eine von Banes Schwestern. Die Seherin.

Wo war sie hergekommen? Ilka eilte zu ihm, um ihrem nackten Bruder aufzuhelfen. Ariella fühlte eine immens düstere Existenz.

»Er hat mich gezwungen, zu verraten, wo ihr seid«, sagte die Dämonin und wirkte sehr unglücklich.

Hastig richtete Ariella ihren Bikini und wollte ebenfalls zu Bane, doch jemand packte sie am Arm. Sie starrte auf eine Hand, die plötzlich sichtbar wurde. Sie steckte in Lederhandschuhen und gehörte zu einem großen Mann, der – gekleidet in einen schwarzen Anzug – neben ihr auf der Wasseroberfläche stand. Er sah Bane ein wenig ähnlich. Nur war er älter, denn graue Strähnen schimmerten in seinem schwarzen Haar.

Ariella spürte anhand seiner alles durchdringenden Präsenz, wer vor ihr stand: der Teufel! Er hatte Bane von ihr heruntergerissen.

Ihr Herz setzte für einen Schlag aus und donnerte mit doppelter Wucht weiter. Himmel, war sie bereits gefallen? Holte er sie in die Hölle?

»Flieh!«, schrie Bane ihr zu, als er sich mit Ilkas Hilfe aufgerappelt hatte.

Doch sie konnte nicht. Der Teufel hielt sie wie in einem Schraubstock gefangen und grinste sie maliziös an. »Wolltet ihr euch von der Party abseilen?« Seine Stimme klang dunkel und samtig. Verführerisch. Ariella konnte nicht den Blick von seinen grünen Augen nehmen. Die Iriden schienen sich zu drehen, sie zu hypnotisieren.

»Ariella!«, rief Bane erneut.

Nur unter Aufbietung ihres ganzen Willens wandte sie den Kopf. Seine

Schwester hielt ihn fest und murmelte etwas. Nach einem Blick über ihre Schulter ließ sie Bane los, erschuf ein Portal an der Felswand und war verschwunden.

»Lass sie gehen, Vater!« Bane schwankte auf sie zu. Blut sammelte sich zu seinen Füßen, das vom Wasser, das über den Felsen floss, fortgespült wurde. Bane musste am Rücken verletzt sein! An seine inneren Wunden wollte sie gar nicht denken. Zum Glück regenerierten sich Dämonen schnell.

Ihn in diesem Zustand zu sehen, riss sie trotzdem aus ihrer Lethargie. Sofort erzeugte sie einen Blitz in ihrer freien Hand, um ihn auf den Teufel zu schleudern, doch der lachte nur und pustete ihr Geschoss aus. In Orkanstärke verließ der Atem seinen Mund und riss ihren Arm zurück.

Sie besaß also noch ihre Fähigkeiten, dann war sie nicht gefallen! Nur gegen den Teufel war sie machtlos.

»Ariella!« Bane stand wenige Schritte entfernt, eine riesige blauknisternde Kugel in der Hand. »Lass sie los, Vater!«

Der Teufel schüttelte den Kopf und seufzte theatralisch. »Du kommst ganz nach deiner Mutter, Junge. Doch du hast deinen Zweck erfüllt.«

Banes Stirn legte sich kurz in Falten, bevor er das riesige Geschoss auf seinen Vater warf.

Ariella duckte sich instinktiv und ließ sich ins Wasser fallen, ihren Arm in die Luft gereckt, weil der Teufel ihn immer noch festhielt. Aber Banes Feuerball traf nicht. Der Teufel erzeugte eine Wand aus grellleuchtender Energie, die das Geschoss zurückwarf. Bane wurde getroffen und durch die Wucht des Aufpralls durch die Luft geschleudert. Wie eine Puppe flog er über die Plattform und stürzte in die Tiefe.

»Bane!« Ariella schrie und tobte, versuchte sich aus dem eisernen Griff zu winden – vergeblich. Sie hatte keine Chance und fühlte sich wie ein kleines Mädchen, das gegen einen Riesen antritt. Die Macht des Teufels überstieg die ihre bei Weitem. Jeden Blitz erstickte er sofort im Keim, und als sie ihre Schwingen hervorbrechen ließ, um sich in die Luft zu erheben und sich von ihm loszureißen, lachte der Teufel erneut. Er hielt nur den Arm in die Höhe; seine Füße standen immer noch auf der Wasseroberfläche. Gegen ihn war sie nicht stärker als ein Schmetterling.

Er riss sie zu Boden, sodass sie ins Becken fiel, und schleifte sie hinter sich her an den Rand der natürlichen Felsenstufe. Ihre nackten Beine schabten über den Stein; ihre Haut wurde aufgerissen. Aber das nahm sie kaum wahr.

Sie schaute sofort nach unten und schlug sich die Hand vor den Mund. Auf einem großen Felsbrocken, in vielen Metern Tiefe, lag Bane regungslos auf dem Rücken, Arme und Beine verdreht. Ein Knochen ragte aus dem Schienbein. Blut lief über seine Lippen und aus anderen Wunden, die Haut am Bauch war verbrannt und qualmte. Ariella konnte den grauenvollen Geruch von verkohltem Gewebe wahrnehmen. Er drehte ihr den Magen um.

»Bane ...«, wisperte sie hilflos. Tränen liefen über ihre Wangen; sie konnte kaum atmen. Mit letzter Kraft versuchte sie sich vom Teufel loszureißen, um zu Bane zu fliegen. Vergeblich.

»Du kannst ihn nicht retten, Engel«, sagte der Herrscher der Finsternis ohne einen Funken Mitleid in der Stimme, bevor er Ariella an sich drückte und der Boden unter ihren Füßen weggerissen wurde. Sie reisten auf seine Art, ohne Portal. Vor ihren Augen drehte sich alles, bunte Farben vermischten sich zu bizarren Mustern. Ariella spürte, dass sie ohnmächtig wurde und hieß die alles vergessen lassende Schwärze willkommen ... Als sie erwachte, fand sie sich auf einen steinernen Altar gekettet, umringt von Banes Geschwistern, die bestialisch grinsend auf sie herabsahen.

Bane versuchte, die bleischweren Lider zu heben. Immer wieder driftete sein Bewusstsein weg und er verlor sich in wirren Träumen. Unvorstellbare Qualen setzten ihm zu, die zum Schlafen verleiteten, wenn ihn nicht ein Gedanke wach halten würde: *Ich muss Ariella retten.*

Er riss die Augen auf und gleißendes Sonnenlicht blendete ihn. Verschwommen sah er grüne Tannenspitzen, graue Felsen und hörte gedämpft das Rauschen von Wasser. Seine Sinnesorgane funktionierten noch nicht richtig. Wenigstens schoben sich die gebrochenen Knochen zusammen und verheilten. Diese Prozedur war sehr schmerzhaft und verbrauchte viel Energie. Stöhnend lag Bane auf dem Felsen und versuchte sich nicht zu bewegen, um die höllische Pein möglichst gering zu halten. Die Minuten, in denen sich sein Körper regenerierte, kamen ihm wie Stunden vor. Er musste los, musste zu Ariella. Aber da war nicht nur die Sorge um sein Engelchen – Bane fragte sich auch, warum Vater ihn am Leben gelassen hatte. Hätte er ihn umbringen wollen, hätte er es getan. Dazu bedurfte es, wie bei jedem anderen Dämon auch, der Zerstörung des Kleinhirns – die einzige Methode, einen Unterweltler todsicher zu vernichten.

Die Kiefer aufeinandergepresst, richtete er sich auf. Er musste nach oben, nachsehen, ob Ariella noch da war. Zwar spürte er nicht ihre Nähe, was allerdings auch bedeuten konnte ... Nein, Vater brauchte sie dringend!

Bane verzichtete auf ein Portal, das ihn Energie gekostet hätte, die er nicht mehr hatte, und kletterte mühsam und kriechend langsam die Felswand empor. Dabei heilte sein Körper weiterhin, seine Eingeweide hörten auf zu bluten und seine Sinne schärften sich.

Oben angekommen, zog er sich keuchend auf die Plattform und rollte sich auf den Rücken, um zu Atmen zu kommen. Ohne neue Energie kam er nicht von hier weg. Er drehte den Kopf und fand die Ebene verlassen vor.

Nur Ariellas weiße Hose lag auf dem Stein. Vater hatte seinen Engel gewiss längst in die Frauenkirche geschafft. Die Sonne stand hoch am Himmel, es war Mittag. Die Zeremonie hatte sicher schon begonnen.

Ariella war verloren. Alles war verloren. Er hatte geschworen, sie mit seinem Leben zu beschützen, und versagt.

Sein Herz fühlte sich an, als würde es von einer Faust zerquetscht. Vater würde ihr die Seele nehmen. Ließ er sie sterben oder wandelte er sie zu einer Dämonin? Nur dann bestand Hoffnung, sie jemals wieder zu sehen.

Falls sie tot war, wollte Bane nicht mehr leben. Er würde eine Methode finden, sich das Kleinhirn zu zerstören, doch solange er noch atmete, gab es die Möglichkeit, Ariella zu retten. So schnell wollte er nicht aufgeben.

Als plötzlich ein verrücktes Lied ertönte, zuckte Bane zusammen.

»Ringedinge Ringedinge Ringering Ding Dong …«

Es kam aus Ariellas Hose. Natürlich, ihr Handy!

Bane schöpfte neue Hoffnung. Er kroch zu ihrer weißen Jeans und holte das Smartphone heraus. Dieses Gedudle war ja nicht auszuhalten! Ein grüner Frosch turnte und tanzte auf dem Display herum und sang diesen nervtötenden Song. Schnell nahm Bane das Gespräch an und das Bild eines blonden Schönlings mit blauen Augen und einem energischen Kinn leuchtete ihm entgegen.

Noch bevor Bane etwas sagte, rief der Typ: »Wo ist Ariella? Hier ist die Hölle los!«

Julius. Bane erkannte seine Stimme. Trotzdem war er überglücklich, ihn am Apparat zu haben. »Falls jemand von euch so nett wäre, mich hier abzuholen, erzähle ich euch alles.«

***

»War von euch schon jemand in der Kirche?«, fragte Bane und lehnte sich gegen die Hauswand, weil sich alles vor seinen Augen drehte. Währenddessen schloss er den obersten Knopf seiner Jeans. Er hatte eben die Hose angezogen, als Julius, dieser Engelhüne, am Wasserfall aufgetaucht war und ihn nach München zurückgebracht hatte, auf dieselbe Art, wie Ariella mit ihm gereist war. Sie befanden sich in der Innenstadt, nur eine Nebenstraße von der Frauenkirche entfernt.

Außer seiner Hose trug Bane nichts am Leib. Er fühlte die intensiven Blicke des muskelbepackten Engels auf seinem Körper, und während der Transportation hatte er noch etwas anderes gespürt: Julius war definitiv nicht an Frauen interessiert.

Die sexuelle Unterdrückung schien bei den Engeln zu bewirken, dass sie ständig spitz waren. Da gehörte Bane lieber zu den Bösen.

Julius baute sich vor ihm auf, die Arme vor der breiten Brust verschränkt. »Dank Ariellas Warnung haben wir schnell bemerkt, dass hier was nicht stimmt, Dämon. Bist du für ihr Verschwinden und das ganze Chaos verantwortlich?« Julius' eisblaue Augen blitzten, seine ockerfarbenen Schwingen bebten. »Die Menschen strömen wie ferngesteuert in die Kirche und müssen von uns abgefangen werden. Sie laufen blind in ihr Verderben!«

Eine Heerschar von weiblichen und männlichen Engeln hatte Bane umzingelt; es waren mindestens hundert. Einige hielten bedrohlich Blitze in den Händen. Die meisten von ihnen trugen weiße Hosen, die Frauen zusätzlich ähnliche Oberteile wie Ariella, während die Oberkörper der Männer nackt waren. Und die Kerle sahen alle aus, als wären sie mächtig stark.

Bane schluckte. In seinem geschwächten Zustand würde er keine zwei Sekunden überleben, falls sie ihn angriffen. Hastig erzählte er ihnen die Kurzfassung von der Krönung, bei der er gewisse Einzelheiten aussparte. Niemanden ging an, was er und Ariella miteinander … getrieben hatten.

Erschöpft stieß er sich von der Wand ab. »Können wir die Schuldfrage ein andermal klären? Ich muss Ariella retten, und das liegt sicher auch in eurem Interesse.« Er schaute in die erzürnten Gesichter seiner Feinde. Sie konnten ihn später zerfleischen.

Julius' Blick flatterte. »Ich spüre, dass du anders bist, Dämon. Das muss auch Ariella bemerkt haben.«

»Bane.« Er seufzte. »Mein Name ist Bane.«

»Ich verstehe nur nicht, wie sie auf dich reinfallen konnte. Jetzt soll sie geopfert werden?«

Er schüttelte den Kopf. »Ich wollte sie retten! Und wenn wir hier noch länger diskutieren, wird es für sie zu spät sein!«

Ein anderer Engel – weiblich, blond, aber keine Augenweide – trat auf Julius zu und flüsterte ihm etwas ins Ohr.

Der Hüne hob die Brauen. »Der Sohn des Teufels?!« Mit zusammengekniffenen Lidern starrte er Bane an. »Dieses wesentliche Detail hast du vergessen zu erwähnen, Dämon.«

Ihm reichte es. Er drängte sich an Julius vorbei, prallte jedoch gegen eine andere Brust. »Entweder, ihr helft mir jetzt, Ariella zu retten, oder ihr bringt mich gleich um, aber ich kann nicht länger warten!«

Julius packte ihn am Arm. »Warum tust du das?«

»Weil ich sie liebe!«, brüllte er, selbst erstaunt über seinen Gefühlsausbruch und die Energie, die er dafür aufwenden konnte.

Die Engel rissen die Augen auf, hinter ihm wurde getuschelt.

Julius ließ ihn los, starrte auf seine Hand. »Wieso kann ich dich anfassen, ohne mich zu verbrennen?«

Bane grinste überheblich. »Das fällt dir aber früh auf, Schnucki.«

Sofort lief Julius' Gesicht knallrot an.

»Seht!«, rief ein weiblicher Engel neben ihm. »Aus seinem Rücken wachsen Federn!«

Federn … Bane hatte tatsächlich vergessen, was Ariella ihm aus dem Schulterblatt gezogen hatte. Das konnte doch nicht sein. Er war ein Dämon, der Sohn des Teufels!

Seine Mutter … Das Geheimnis ihrer Herkunft … Jetzt wusste Bane, was sie gewesen war. Daher konnte er auch Engel berühren!

»Wer bist du wirklich?«, fragte Julius.

Er zuckte mit den Schultern und erwiderte spöttisch: »Ein Dängel?« Matt lachte er auf. »Ich bin genauso schlau wie du, Superman.«

Niemand hielt ihn mehr auf, als er durch die Reihen der Engel ging. Julius folgte ihm auf den Fersen.

»Wir haben bereits zweihundert Menschen davon abgehalten, die Kirche zu betreten. Von uns war noch keiner drin. Wir spüren eine immens große, dunkle Macht und warten auf Verstärkung.«

»Die Krönung werdet ihr nicht verhindern können«, sagte Bane. Auch die Engel durften das Gleichgewicht der Mächte nicht verschieben. Es musste immer im Lot bleiben, oder das Universum würde ins Chaos stürzen.

»Ich weiß«, murmelte Julius. »Für Ariella gibt es keine Rettung. Ihr Schicksal lässt sich nicht abwenden.«

»Vielleicht doch.« Vater hatte ihn verschont, ihn sein gesamtes Leben lang bevorzugt behandelt. Weil er Bane brauchte. Doch wozu?

Sie hatten fast die Frauenkirche erreicht, er konnte sie bereits sehen. Immer noch versuchten Menschen, die von unsichtbaren Wächtern abgehalten wurden, in das Gebäude zu eilen. Bane wettete, dass sich schon genug Seelen in der Kirche versammelt hatten. Ariella war da drin, er musste endlich zu ihr, doch schwarze Flecken tanzten vor seinen Augen. Er fühlte sich um Jahrzehnte gealtert, zu erschöpft, um Vater entgegenzutreten. Vielleicht sollte er mit dem Hünen eine schnelle Nummer schieben, das würde seine Reserven im Nu auffüllen. Nur hatte Bane dazu erstens keine Zeit und zweitens war er ganz und gar nicht an Männern interessiert.

»Ich geh jetzt rein. Kommst du mit, Schnucki?«

Julius ließ die Flügel verschwinden und nickte. »Wir kommen alle mit.«

Bane warf einen Blick über seine Schulter. Die Heerscharen standen bereit; Blitze zuckten in ihren Händen. Es würde eine gewaltige Schlacht werden, so viel stand fest.

Als Bane die Tür aufdrückte, auf das Schlimmste gefasst, blieb er wie erstarrt im Rahmen stehen. »Was …«

Julius drängte sich neben ihn. »Wo sind sie?«

Die Kirche war leer!

»Du hast uns reingelegt!« Julius packte ihn am Hals und drückte ihn gegen die Mauer. »Wo ist sie?!«

»Ich weiß es nicht«, krächzte Bane. Er war sich so sicher gewesen, dass die Zeremonie hier stattfand.

Der Druck von Julius' Hand trieb ihm Tränen in die Augen. Bane wusste nicht mehr weiter. Vater musste geahnt haben, dass sein andersartiger Sohn versagen würde, und hatte ihm die Aufgabe, einen Engel zu fangen, vielleicht auch deshalb anvertraut, um ihn abzulenken.

Aus den Augenwinkeln nahm er wahr, wie sich ein weiterer Mensch näherte – ein älterer Mann, der auf die Kirche zuwankte. Als die Wächter ihn aufhalten wollten, hatte Bane eine Idee. »Lasst ihn rein!«, rief er so laut er es vermochte.

Julius' zog die Hand zurück und nickte den anderen Engeln zu.

Sie wichen zurück, um den Mann in die Kirche zu lassen. Schnurstracks ging er durch den Vorraum und blieb abrupt stehen. Dann ... verschwand er einfach. Als hätte er sich unsichtbar gemacht!

Julius eilte zu der Stelle, Bane humpelte hinterher. Ihm tat jeder Muskel weh.

»Wo ist er hin?« Julius drehte sich einmal im Kreis. Mit aufgerissenen Augen starrte er Bane an. »Sprich, Dämon! Wo ist er? Ich kann das Böse fühlen, es durchströmt mich regelrecht!«

Der Engel stand genau auf der Fliese, auf die der Teufelstritt zu sehen war.

Bane schob ihn weg. »Zur Seite! Das ist ein verstecktes Portal.«

Julius musterte die Bodenplatte.

»Anscheinend lässt es nur die auserwählten Opfer verschwinden.« Natürlich, Vater würde nie das Risiko eingehen, hier oben die Zeremonie abzuhalten, wo ihm die Wächter ins Werk pfuschen konnten.

»Wohin verschwinden sie?«, flüsterte der Engel.

»In die Unterwelt.« Dahin würde er nun gehen. Allein.

Bane nickte Julius zu und sagte: »Ich hole sie zurück«, bevor er auf den Abdruck trat. Einen Wimpernschlag später befand er sich in einer düsteren Ecke der großen Versammlungshalle der Unterwelt. Die kuppelartige Höhle war voller Menschen, die reglos in der gesamten Halle verteilt standen und in einen lateinischen Singsang verfallen waren. Unter ihnen waren Frauen, Männer und Kinder aller Altersklassen. Bestimmt über hundert Leute. Es wären sicher tausende gewesen, wenn die Wächter nicht eingegriffen hätten. Nach der Zeremonie würde sich die Horde an ihnen laben dürfen. Das war ein Geschenk des neuen Herrschers.

Die hungrige Meute lauerte schon vor den Toren der Halle, die fest verschlossen waren. Sie klopften dagegen und rüttelten daran. Gedämpft klang ihr grausames Geschrei durch die dicken Türen. Sie witterten den Engel.

Vielleicht fühlten sie auch ihn. Sie hatten ja schon immer gespürt, dass er anders war.

Als Bane Ariella sah, die in der Mitte der Halle auf einen Altar gekettet war, durchströmte ihn neue Kraft. Sie lebte! Sie trug nur ihren Bikini; ihre weißen Schwingen zitterten und waren mit Blut befleckt. Ihrem Blut?

In seinem Zorn richtete sich Bane zu voller Größe auf. Niemand durfte merken, wie schwach er war. Seine Geschwister, die mit Vater um den Altar standen, würden ihn sofort angreifen. Jeder wollte der neue Herrscher werden. Tot wäre er ein Konkurrent weniger.

Er würde sich opfern, sein Leben für ihres geben. Er musste nur klug verhandeln und Vater überzeugen, dass der Austausch lohnenswert war.

Bane schloss die Augen, sammelte all seine Kraft und Konzentration, um sich vorzustellen, wie Flügel aus seinem Rücken brachen. Die Federn … Es musste klappen, auch wenn er nur zur Hälfte ein Engel war.

Ariella zerrte an den Ketten, doch sie gaben nicht nach. Ihre Hände waren dicht an ihren Körper gefesselt, sodass sie keinen Blitz erzeugen konnte, ohne sich selbst zu verletzen. Der Teufel in seinem schicken Anzug grinste wahrhaft diabolisch auf sie herab und entblößte seine perfekten Zähne. Sah er wirklich so perfekt aus oder erblickte Ariella lediglich ein Trugbild? Immerhin waren Dämonen Meister der Illusion.

Zu beiden Seiten des Herrschers standen seine verbliebenen Kinder: Mort, der Ariella mit blutunterlaufenen Augen irre anstarrte, Xadist, der sehr gefasst wirkte und mild lächelte, Ilka, der Tränen über die Wangen liefen, und Maja, die an ihren langen Krallen kaute. Sie hatten sich ebenfalls herausgeputzt, als würden sie eine Gala besuchen. Sonst schienen sich keine Dämonen in der Halle aufzuhalten, was Ariella kaum erleichterte; schließlich befand sie sich mit den mächtigsten Kreaturen der Unterwelt in einem Raum. Ständig musste sie an Bane denken, der versucht hatte, sie in Sicherheit zu bringen. Aber der Teufel hatte Ilka gezwungen, ihre seherische Gabe einzusetzen, um sie beide aufzuspüren. Daher war Ilka auch so unglücklich. Der Teufel hielt ihren Liebsten gefangen – einen Menschen. Bane war also nicht der einzige seiner Geschwister, der in der Lage war, Liebe zu empfinden.

»Vater!«, hallte plötzlich eine ihr allzu bekannte Stimme durch die Kuppel.

Die Kinder des Teufels sowie der Herrscher drehten sich um und gaben den Blick auf Bane frei. Ein Raunen ging durch die Gruppe.

Inmitten der Menschen stand ein Mann, der zumindest so aussah wie Bane. Er trug nur Jeans, weshalb Ariella die verbrannte Haut am Bauch erkannte, wo der Feuerball ihn getroffen hatte. Sein Oberkörper und das Gesicht waren blutverschmiert.

Aber eines passte ganz und gar nicht zu seinem Erscheinungsbild. Bane besaß ein Paar mächtiger pechschwarzer Schwingen!

»Bane?«, wisperte sie und glaubte, zu halluzinieren.

»Lass sie frei und nimm mich! Nimm meine Seele!« Bane kam langsam näher. Er sah verdammt gut aus mit seinen schwarzen Flügeln. Wie ein Racheengel.

Mort stieß einen Fluch aus und Maja murmelte Xadist zu: »Was geht hier vor?«

Auch Ariella war verwirrt. »Bane!«, rief sie.

Sofort schaute er zu ihr. »Geht es dir gut?«

Sie nickte. Vor Erleichterung weinte sie. Bane war hier, als Engel – wie auch immer das möglich war. Sie musste nicht allein sterben. Ihr war klar, dass der Teufel ihn nicht verschonen würde.

Zu ihrer Überraschung sagte der: »Das hat ja ewig gedauert. Ich dachte schon, du kommst nicht mehr. Dann hätte ich mit der besudelten Seele deines Liebchens vorlieb genommen.«

Banes Gesicht verdüsterte sich. »Das musst du jetzt nicht mehr.«

Der Teufel nickte. »Es war ohnehin nicht so geplant.«

»Du wolltest von Anfang an meine Seele, nicht wahr?«

»So ist es, Sohn«, sagte der Herrscher.

»Aber wieso hast du mich einen Engel fangen lassen? Warum hast du nicht gleich mich genommen und Ariella entführt?« Wenige Schritte vor dem Altar blieb Bane stehen.

»Deine Seele war durch die langen Jahre in der Unterwelt verkümmert, noch nicht rein genug. Aber jetzt ist sie perfekt. Durch deine selbstlose Tat hat sie die nötige Reife erhalten.« Der Teufel lachte auf. »Ich habe doch gewusst, dass es richtig war, dich nicht zu töten, als deine Mutter sich bei deiner Geburt opferte und ihre Seele gab, um dein Leben zu retten.«

Ariella verstand jetzt so vieles. Warum Bane sie anfassen konnte, warum sie in seiner Gegenwart spürte, dass da etwas Reines verborgen war. »Seine Mutter war ein Engel«, flüsterte sie.

Der Teufel warf ihr einen amüsierten Blick über die Schulter zu. »Sie war ein Halbengel, ausgestattet mit einer Seele, die sich immer wieder regenerierte. Ich hatte Jahrzehnte lang meinen Spaß mit ihr, bis Bane geboren wurde.«

Mort spuckte vor Banes Füße und wandte sich an den Teufel. »Daher hast du ihn immer in Schutz genommen und behandelt wie ein rohes Ei. Wegen seiner verdammten Seele.«

»Du hast es erfasst, mein Erstgeborener.« Der Herrscher drehte sich zum Altar herum. »Macht den Engel los und kettet Bane fest.«

»Mit Vergnügen«, knurrte Mort, der schon auf seinen Bruder zulief. Widerstandslos ließ sich Bane von ihm zum Altar bringen, während Ilka Ariellas Fesseln öffnete und sie mit sich zog.

»Komm, ich bringe dich nach oben«, flüsterte die Dämonin.

Ariella schüttelte den Kopf. »Ich kann nicht. Ich muss Bane helfen.« Sie wollte sich von Ilka losreißen, doch sie schaffte es nicht. Die Ketten mussten mit dunkler Magie durchdrungen gewesen sein, die Ariella immer noch schwächte.

»Sein Schicksal ist besiegelt. Ich weiß es. Aber es besteht Hoffnung. Es besteht immer Hoffnung.«

Ilka blickte sie mit einer Ehrlichkeit an, die Ariella dazu veranlasste, der Dämonin zu vertrauen.

Bane starrte in ihre Richtung, an seinem Vater vorbei, der die Arme erhoben einen lateinischen Spruch aufsagte. »Geh«, formte er mit den Lippen.

Ariellas Beine bewegten sich nicht. Sie konnte Bane nicht verlassen, wollte ihn nicht allein lassen.

Maja, die bisher sehr still gewesen war, blickte in die Runde. »Es sind zu wenig Seelen hier, Vater. Diese verdammten Wächter. Dein Nachfolger wird sich nicht ausreichend nähren können.«

Beinahe liebevoll strich der Teufel über Banes Gesicht. »In ihm steckt die Seele eines Halbengels. Sie wird mehr als ausreichen. Wir brauchen diese schwachen Seelen nicht, die Horde kann sie alle haben.«

Mort grinste zufrieden, die Hände in den Hosentaschen vergraben. »Wann fangen wir endlich an, Vater?«

»Komm zu mir, mein eigen Fleisch und Blut!« Der Teufel winkte ihn zu sich.

Ohne Zögern trat der Dämon näher. Mort würde also der Nachfolger werden? Ariella schaute kurz zu Ilka, die den Kopf schüttelte. »Lass uns gehen.«

Als ein Brüllen ertönte, starrte Ariella erneut auf die Szenerie. War das Bane gewesen?

Nein, es war Mort. Der Teufel hatte ihm die Kehle aufgeschlitzt! Er hielt Mort am Nacken fest und sagte: »Trink von ihm, Xadist, neuer König der Unterwelt.«

Maja riss den Mund auf, sagte aber nichts. Xadist zeigte keine Regung, keine Überraschung, kein Lächeln. Andächtig trat er näher und legte die Lippen an Morts offenen Hals.

»Wieso?«, fragte Mort gurgelnd, während Blut aus seinem Mund strömte. Der Teufel und Xadist saugten an der aufgeschlitzten Kehle.

Mit dem Handrücken wischte sich der Herrscher das Blut von den Lippen. »Xadist handelte stets besonnen und überlegt. Er ist der Schlauste von euch allen, der Listigere. Allein würdig, mein Nachfolger zu werden.« Grinsend schüttelte der Teufel den Kopf. »Aber du hast deinen Zweck erfüllt, Erstsohn.« Seine Klauen verlängerten sich wie Springmesser und fuhren in Morts Nacken, zerstörten sein Kleinhirn. Sofort verbrannte sein Körper in einer gleißenden Feuersäule. Zurück blieb ein Häuflein Asche und ein dunkler Schatten, der über dem Altar schwebte.

»Das Böse«, sagte der Teufel feierlich und deutete auf Morts Bewusstsein, das sich langsam auflöste, »kann nicht existieren ohne das Gute.« Er kicherte. »Die Seele eines Halbengels – was für ein Tribut! Sie ist viel besser, viel stärker. Kein Wissen wird verloren gehen. Du wirst ein mächtiger Herrscher sein, Xadist.«

Der Teufel beugte sich zu Bane, um ihn auf den Mund zu küssen. Ariella konnte den Blick nicht abwenden, als der Herrscher tief Luft holte und die Seele aus Bane heraussaugte. Ein goldenes Leuchten drang aus seiner Nase, die Wangen des Teufels glühten.

»Bane!« Ariella wollte zu ihm, doch Ilka zerrte sie immer weiter weg.

»Du musst jetzt gehen.«

Sie fühlte sich schwach und verloren. Bane war verloren. Für immer. Und sie würde nur diese bestialische letzte Erinnerung an ihn haben.

Bane starrte sie an, seine Lippen bewegten sich lautlos. Eine einzelne Träne lief über seine Wange. Sein Körper bäumte sich auf, seine Flügel zitterten und verschwanden. Das Blau seiner Augen verblasste, wurde milchig. Dann schlossen sich seine Lider, sein Körper erschlaffte.

»Bane!«

Der Teufel stand vor dem Altar, in eine goldene Aura gehüllt. Banes Seele.

»Nimm mein Wissen, Xadist. Mein Bewusstsein wird mit deinem verschmelzen. Ich werde für immer in dir weiterleben, genau wie meine Vorväter in mir. Wir werden eins. Diese Seele wird alles Wissen in dich pflanzen und dann zerfallen.« Er griff in den Nacken seines Sohnes und küsste Xadist ebenfalls auf den Mund. Nur diesmal atmete er aus, presste den Seelenatem in den anderen Körper.

Xadists Augen glühten, ein goldenes Leuchten drang aus jeder seiner Poren, umhüllte auch ihn mit dieser strahlenden Aura. Der Körper des Teufels sackte in sich zusammen, zerfiel zu Asche. Übrig blieb nur der schwarze Anzug, der in einem Haufen auf dem Boden lag. Die Seele zerplatzte, war zerstört. Goldener Staub rieselte auf Xadist.

Der neue Teufel grinste zufrieden und klopfte sich den Staub vom Anzug.

Maja warf sich sofort vor ihm auf den Boden. »Bruder … Mein Gebieter.«

Xadist lachte so laut, dass Geröll von der Höhlendecke rieselte. Das Gebrüll und die Schläge auf die Tore nahmen zu. Die Horde wusste, dass sie sich an den Seelen laben durfte.

Oh Gott, die vielen Menschen!

Ariella hatte sie vor Kummer um Bane ganz vergessen! Er war verloren, doch für diese armen Seelen war es noch nicht zu spät.

Ilka hatte Ariella hinter die Menschenmenge gezogen und war dabei, ein Portal an der Wand zu erschaffen. »Du musst hier weg, bevor sich die Tore öffnen!«

Bane … War er tot? Sie hatte das Leben aus seinen Augen weichen sehen, doch sein Körper war nicht verpufft. Sie sah ihn nicht mehr, die Menschen versperrten ihr die Sicht.

»Öffne die Tore, Maja!«, rief der Teufel. »Lassen wir das Fest beginnen!«

Ariella starrte zu Ilka. Hinter dem überdimensional großen Guckloch stand Julius und winkte ihr hektisch zu. Um ihn herum befanden sich weitere Engel.

»Die Menschen! Können wir sie retten?«, fragte Ariella und war schon dabei, eine Frau, die ein Baby auf dem Arm trug, zu sich zu ziehen und durch das Tor zu schubsen.

Ilka schaute über die Köpfe. »Es ist zu spät! Die Horde strömt herein. Du musst gehen!«

Ihr Augen füllten sich mit neuen Tränen. Es würde eine Menge Opfer geben. Leider gehörte diese Seite auch zu ihrem Job. Sie konnten nicht immer alle retten. »Und Bane?«

»Ich werde ihn dir bringen. Xadist ist gerade abgelenkt, er muss die Horde in Schach halten.« Der neue Herrscher würde Banes Überreste bestimmt verstümmeln.

Ilka drängte Ariella zum Tor und schubste noch so viele Menschen hindurch, wie in ihrer Reichweite standen. Julius fing sie auf. Die anderen Engel brachten die wenigen geretteten Leute in Sicherheit.

»Wo ist der Dämon?«, fragte Julius.

Schluchzend umarmte Ariella ihren Kollegen. »Er hat sich geopfert. Für mich.« Dann brach sie weinend zusammen.

»Ich bringe dich ins Hauptquartier«, sagte Julius.

»Nein!« Ariella drehte sich herum, aber das Portal war verschwunden. Nur die Hauswand des Gebäudes, das gegenüber der Frauenkirche lag, war zu sehen. »Sie wollte Bane holen.«

Julius trat neben sie. »Wer?«

»Ilka. Sie ist seine Schwester.«

Tatsächlich öffnete sich bereits ein neues Portal an derselben Stelle.

Julius erzeugte einen Blitz, ließ ihn aber verschwinden, als Ariella ihm ein Zeichen gab.

Ilka stand in dem blauen Kreis, den reglosen Bane in den Armen. »Nehmt ihn, schnell! Er ist gerade noch so am Leben.«

Ariella war unendlich erleichtert, dass Bane noch nicht verloren war.

Julius nahm ihn und legte sich den schlaffen Körper über die Schulter. »Ich bringe ihn gleich auf die Krankenstation.«

Glücklich nickte Ariella ihm zu. Sie wollte sofort hinterher, aber sie musste sich erst bei Ilka bedanken.

Sie war eben dabei, ein neues Tor zu erschaffen.

Ariella hielt sie am Arm fest. »Komm mit uns.«

Sie schüttelte den Kopf. »Micha ist da unten. Als Vater herausgefunden hat, dass ich einen Menschen liebe, hat er ihn eingesperrt, um mich zu erpressen. Damit ich ihm die Zukunft vorhersage oder andere Dinge. Und falls ich mich geweigert hätte, hätte er Micha …« Ihre Stimme brach und Ilka schaute auf den Boden. »Xadist wird ihn nicht freilassen. Er braucht mich ebenso wie Vater zuvor. Daher wird er mich auch nicht zu hart bestrafen, weil ich dich und ein paar Seelen gerettet habe.«

»Das kannst du sehen?«

Sie nickte. »Ich muss einen Weg finden, Micha zu befreien.«

»Wird es dir gelingen?«, fragte Ariella hoffnungsvoll.

Lächelnd erwiderte die Dämonin: »Mit ein wenig Hilfe von oben stehen die Chancen gut.«

»Ich werde sehen, was ich machen kann. Ich stehe in deiner Schuld.«

Ariella stand am Fenster des Isolationszimmers im Münchener Hauptquartier der Wächter. Vor fünf Jahren hatte ihre Organisation, getarnt als Versicherungsunternehmen, eins der oberen Stockwerke des 126 Meter hohen Highlight Tower 1 gekauft, einen der gläsernen Zwillings-Bürotürme im Stadtteil Schwabing. Neben dem Uptown München gehörten die Highlight Tower zu den höchsten Gebäuden dieser Stadt. Optimal, um vom Dach in alle Richtungen auszuschwärmen.

Hinter ihr, in einem stabilen Bett aus silbernen Metallstreben, lag Bane, festgebunden mit magischen Gurten und Fäustlingen, die verhinderten, dass er sich oder anderen etwas antun konnte. Er war nicht mehr der Alte, seit er keine Seele mehr besaß.

Bane träumte. Er wand sich in seinen Fesseln und stöhnte, die Augen hinter den Lidern bewegten sich schnell. Ariella hatte darauf bestanden, seine Füße nicht zu fixieren, damit er nicht das Gefühl hatte, immer noch auf dem Altar zu liegen. Daher rutschte die Decke über seine nackte Brust, als er mit den Beinen strampelte.

Seufzend schlenderte Ariella zu ihm und stellte sich neben das Bett, um ihm die Decke wieder hochzuziehen. Die körperlichen Spuren waren längst verheilt, doch seine Seele schien verloren. Schon drei Tage befand er sich in dieser Verfassung und es war keine Besserung in Sicht. In den seltenen Augenblicken, in denen er bei Bewusstsein war, fletschte er die Fänge – Ariella hatte nicht gewusst, dass er welche besaß – und knurrte ihr zu, sie solle ihm fern bleiben. Dabei waren seine Pupillen geschlitzt wie bei einer Raubkatze. Er war ein Dämon, durch und durch. Auch schien er sie nicht mehr zu erkennen. Der alte Bane war verschwunden.

Einer ihrer Heiler hegte die Hoffnung, es könne ein winziger Seelenfetzen zurückgeblieben sein. Dann würde sich die Seele neu bilden, immerhin war seine Mutter ein Halbengel gewesen und deren Seelen galten als unverwüstlich. Allerdings setzte das eine lange Heilphase voraus und ausreichend Energie ... die er nicht bekam. Aber es verstieß natürlich gegen die Grundsätze, ihm eine Seele zu beschaffen. Sosehr sie Bane auch liebte – seinetwegen würde sie niemanden opfern außer sich selbst. So wie er es für sie getan hatte.

Sie dachte an Ilkas Worte: Es besteht immer Hoffnung.

Im Moment hatte sie die Hoffnung beinahe aufgegeben.

Ariella hatte sich für Bane extra schick gemacht und trug ein knöchellanges weißes Kleid, das fast durchsichtig und am Rücken wegen ihrer Flügel tief ausgeschnitten war. Das würde ihm sicher gefallen. Auch wenn er ständig betonte, wie abstoßend er sie fand.

Sie besaß ihre Seele noch, obwohl der Hohe Rat wusste, was sie getan hatte. Laut Uriel, dem Schicksalsengel, war es ihre Bestimmung gewesen,

Bane zu retten, und das hatte nur auf diese Art geschehen können. Daher würde sie nicht fallen. Ariella hatte von der Palmblattbibliothek in Indien gehört, in der das Schicksal aller Lebewesen geschrieben stand. Uriel war der Verwalter dieser außergewöhnlichen Schriftensammlung und dafür zuständig, dass sich das Schicksal eines jeden erfüllte. Wenn Ariella doch wüsste, wie es mit Bane endete. Aber darauf würde sie keine Antwort bekommen. Uriel hatte nur gesagt, sie müsse sich gedulden und das tun, was Herz und Verstand ihr rieten.

Aber was sagte ihr Herz?

Es verzehrte sich nach dem alten Bane. Ariella vermisste seinen Charme und ihr fehlte es sogar, dass er sie Vögelchen nannte.

Sie zwinkerte sich eine Träne weg und strich ihm durchs Haar. Wenn er schlief, sah er so friedlich aus.

Seine Lider flatterten. »Ariella ...«

»Bane!« Sie ließ ihre Flügel verschwinden und hockte sich zu ihm aufs Bett. »Bane! Hörst du mich?«

Er hatte ihren Namen gesprochen. Konnte er sich erinnern?

»Ich brauche ... Nahrung«, flüsterte er und öffnete langsam die Augen. »Brauche dich.«

Für wenige Sekunden war sein Blick klar, bevor sich seine Iriden zu Schlitzen verengten. »Verpiss dich, Engel«, knurrte er.

Zitternd atmete sie ein und wich vor ihm zurück. Das Böse hatte wieder die Oberhand gewonnen, doch neue Hoffnung erfüllte sie. Bane war da drinnen! Wie es schien, hatte sie ihn noch nicht an die andere Seite verloren.

Er fletschte die Fänge. »Mach mich los, dann werde ich dich verschonen!«

Seine Stimme klang fast wie früher, nur finsterer. Bedrohlicher. Da war kein amüsanter Unterton mehr herauszuhören. Seine Lider flatterten, die Augäpfel drehten sich nach oben – Bane hatte das Bewusstsein verloren.

Es tat ihr im Herzen weh, ihn so zu sehen. Diese Hilflosigkeit machte sie noch verrückt!

Sie trat wieder zum Fenster und legte die Fingerspitzen an die kühle Scheibe. *Überlege, was kannst du tun?* Seit Tagen regnete es, als würde der Himmel für sie weinen. Ein grauer Schleier lag über der Stadt. Von hier oben war die Welt winzig, nur ihre Sorgen wurden nicht kleiner.

Ariella hatte so viele Tränen vergossen, dass sie kaum welche übrig hatte. Wie lange würde Bane in diesem Zustand überleben? Dämonen waren nicht unsterblich, doch äußerst zäh. Sein Leiden könnte Jahre andauern.

Plötzlich hörte sie ihn flüstern: »Hilf mir.«

Sie wirbelte herum. Erneut waren seine Augen normal. Deren Blau leuchtete wie ein Sommerhimmel. Matt, nicht so intensiv wie sonst, aber blau und nicht gelb.

Sofort eilte sie zu ihm und legte ihre Hand an seine Wange. »Bane!«

»Brauche ... dich«, flüsterte er erneut und versuchte, die Arme zu heben. Doch die Fesseln saßen bombenfest.

Ihr Herz verkrampfte sich. »Ich brauche dich auch. So sehr.« Aufschluchzend strich sie über sein stoppelbärtiges Gesicht. »Ich wünschte, ich könnte dir helfen.«

»Dich«, hauchte er, bevor sich seine Iriden abermals gelb verfärbten und seine Stimme diesen bösartigen Klang bekam. »Nimm deine Pfoten von mir!«

So weh ihr die Worte auch taten ... plötzlich verstand sie deren Sinn und sie ließ ihre Hand an seinem Kinn liegen, obwohl Bane versuchte, nach ihr zu schnappen.

Höre auf dein Herz ... Der Dämon in Bane wollte, dass sie ihn in Ruhe ließ. Der Engel in ihm brauchte sie. Ariella erinnerte sich, als sie am Wasserfall mit ihm geschlafen hatte. Was hatte er noch mal gesagt? *Du bist wie ein Energie-Drink für mich. Wie eine Starkstrombatterie.*

Sie war so blind! »Jetzt weiß ich, wie ich dir helfen kann!« Ihr Puls hämmerte in ihren Ohren; sie zitterte vor Aufregung. Es war zumindest einen Versuch wert. Sie war fast allein im Hauptquartier, die Techniker saßen drei Flure weiter vor den Monitoren und die anderen Wächter waren ausgeflogen. Der Heiler würde erst gegen Abend wiederkommen, da er noch genug mit den Menschen zu tun hatte, die der Zeremonie entkommen waren. Erinnerungen mussten geändert werden, andere Leute aus dem katatonischen Zustand erweckt, der sie noch immer im Griff hielt.

»Weg von meinen Füßen, du Schlampe!«, brüllte Bane, als sie die Decke auf den Boden warf und nach seinen Beinen griff, um diese ebenfalls am Bett zu fixieren. Er war geschwächt, daher schaffte sie es nach einem kurzen Kampf, seine Füße in die Schlingen zu stecken und die Gurte zuzuziehen. Ihm den Rücken zugedreht saß sie auf seinen Oberschenkeln und atmete tief durch. Der erste Schritt war geschafft.

»Runter von mir!« Bane bäumte sich auf. »Unterstehe dich, mich anzufassen, Drecksstück!«

Seufzend drehte sie sich herum und setzte sich wieder. Auch wenn er sie anstarrte, als wollte er sie töten, kam sie nicht umhin, seine angespannten Muskeln zu bewundern. Zum ersten Mal lag er wehrlos und splitternackt unter ihr. Solange sie seinem Kopf nicht zu nahe kam, konnte ihr nichts passieren.

Seine Fänge blitzten und ließen ihn wie einen Vampir erscheinen. »Wenn du mich anfasst, bist du tot!«

»Du kannst mir keine Angst machen, Dämon!« Ariella fuhr mit beiden Händen über seinen Oberkörper und genoss das Gefühl der weichen Haut. »Ich weiß, dass mein Bane da drin ist.« Sie streichelte seine Brust und den flachen Bauch. Von der Verbrennung waren kaum Narben zurückgeblieben. Vielleicht, weil Bane damals noch gestärkt gewesen war von der Energie, die er aus ihrem Beischlaf bezogen hatte.

»Wenn du glaubst, dass mich das geil macht, täuscht du dich!«, spie er ihr entgegen.

Tatsächlich war sein Geschlecht, das sie an ihrem Po spürte, weich.

Ein Dämon war auch nur ein Mann und der musste doch für weibliche Reize empfänglich sein? Zögerlich streifte sie sich das lange Kleid über den Kopf. Darunter war sie nackt.

Sie fühlte sich unter Banes bösen Blicken nicht wohl, doch als er auf ihre Scham und ihre Brüste sah, wurde sein Gesicht weicher.

»Du bist kein Engel, die tun so was nicht, das traust du dich nicht!« Seine Brauen zogen sich zusammen. »Du bluffst.«

»Du weißt wirklich nicht mehr, was wir alles miteinander getan haben?«, säuselte sie und rutschte tiefer, bis sein Penis vor ihrem Venushügel lag. Sofort nahm sie dieses weiche und verletzlich wirkende Organ in ihre Hände, um es sanft zu massieren. Langsam schwoll der Schaft an, auch wenn es Bane offensichtlich Schmerzen bereitete. Seine Haut rötete sich kurz überall, wo sie ihn berührte. Als hätte er einen Sonnenbrand.

Verdammt!

Sie wollte ihn beinahe loslassen, zwang sich aber, weiterzumachen. Solange sich keine Blasen bildeten, würde sie nicht aufgeben. Ihr selbst machte die Berührung kaum etwas aus, es kribbelte lediglich auf ihren Händen und in ihrem Schoß.

»Nimm deine Griffel weg!« Er kniff die Lider zusammen und warf den Kopf hin und her. Sämtliche Muskeln angespannt, knurrte er wie ein Wolf, die Fänge gefletscht. »Dafür wirst du sterben!«

Sie würde fortan mit ihren Waffen kämpfen, um Bane zurückzuholen. Anscheinend funktionierte es, denn sein Geschlecht füllte sich mit mehr Blut, wurde härter und länger. Ariella drückte den mächtigen Schaft an ihre Scham und rieb sich an ihm. Er reichte fast bis zu ihrem Bauchnabel!

»Bitte komm zu mir zurück, Bane«, sagte sie leise, rutschte noch tiefer und küsste die glatte Spitze, die sich aus der Vorhaut geschält hatte.

Brüllend bäumte sich Bane auf. »Verdammte Fotze, ich reiß dich in Stücke!«

Zwanghaft hielt sie die Tränen zurück. Sie musste stark bleiben!

Als seine Eichel zwischen ihren Lippen verschwand, verstummte sein Geschrei abrupt. »Ariella«, hauchte er. »Mehr …«

Hart leckte sie über seinen Schaft, zog die Haut bis zur Wurzel hinunter und züngelte über das angespannte Bändchen. Klare Tropfen perlten hervor. Ihm gefiel, was sie tat! Die Rötung schwoll schnell ab und bildete sich bald nicht mehr.

Knurren wechselte sich ab mit Stöhnen. Bane beobachtete sie, wobei auch seine Augen ständig die Farbe änderten, doch die Momente, in denen sie blau waren, hielten länger an. Sein Blick schwankte zwischen Hoffnung, Sehnsucht, Lust und Hass. Er brauchte mehr Energie!

Sie rutschte wieder auf seinen Schoß und bewegte ihre Hüften, um ihre Schamlippen über seine harte Männlichkeit gleiten zu lassen. Ihre Hände legte sie auf seine Brust, streichelte sie. Ihr Kitzler pochte, während sie sich fester an ihm rieb.

Banes Oberarmmuskeln spannten sich an, als ob er die Gurte zerreißen wollte. Aber sie würden sich erst öffnen, wenn das Gute in ihm überwog. Noch änderten seine Augen die Farbe. Wenigstens waren die fürchterlichen Reißzähne verschwunden.

»Mehr, Süße, mehr«, flüsterte er wie im Fieberwahn, während sein Kopf auf dem Kissen hin und her flog. Schweiß glitzerte auf seiner Stirn, er atmete heftig. Er kämpfte. Endlich!

Der Dämon in ihm unternahm einen weiteren Versuch, sie mit Todesdrohungen abzuschütteln, doch sie würde nicht aufgeben und so lange weitermachen, bis sie ihren dunklen Engel zurück hatte.

Schneller rieb sie sich auf seinem dicken Schaft und ihr Saft vermischte sich mit seinen Lusttropfen. Ihr Verlangen steigerte sich, je mehr Bane der Alte wurde. Sie wollte ihn zurück, so schnell wie möglich, und da gab es nur einen Weg: Sie musste mit ihm schlafen. Daher kniete sie sich genau über sein Geschlecht, nahm es in beide Hände und hockte sich langsam hin. Die mächtige Eichel drückte gegen ihren Eingang und dehnte ihn. Ariella hatte sie schon einmal aufgenommen und würde es wieder schaffen. Bane warf stöhnend den Kopf zurück, als sie den Widerstand durchbrach und sein Penis in sie glitt. Tränen liefen über sein Gesicht und er nahm nie den Blick von ihr. Im Blau seiner Iriden flackerte es ein letztes Mal, dann behielten sie ihre Farbe, während Ariella ihren Liebsten ritt.

Bane atmete tief ein und seine Augen wurden groß. »Ich erinnere mich. An alles.« Als er diesmal lächelte, wirkte es nicht mehr bösartig, sondern so verwegen wie früher.

Ihr Herz machte einen Satz. War er wieder da? Ihr Bane? Die Fesseln hatten sich bisher nicht gelöst.

Sie beugte sich zu ihm hinunter, um ihn zu küssen. Noch wusste sie nicht, ob er mit ihr spielte oder seine Worte der Wahrheit entsprachen, doch als sich ihre Lippen trafen, hatte sie Gewissheit. So küsste kein Dämon, der einen verachtete. Verlangend. Stürmisch. Tief. Ihre Münder verschmolzen miteinander, ihre Zungen fochten einen zärtlichen Kampf.

»Danke, dass du mich nicht aufgegeben hast«, sagte er, als er Luft holte.

»Danke, dass du mich gerettet hast.« Ariella schob die Finger in sein Haar, während sie ihn langsam und genüsslich ritt.

»Immer wieder gern, mein verdorbenes Engelchen.«

Sie grinste erleichtert. »Daran hat nur ein Dämon Schuld. Der hat mich verführt.«

»Du hast ihn verführt.« Ein leises Stöhnen entwich ihm, als sie ihn besonders tief aufnahm. »Und du bist nicht gefallen?«, presste er hervor.

»Nein. Der Rat meinte, ich solle es keinem sagen, aber wir Engel fallen nicht, wenn wir mit dem Herzen lieben. Sie lassen uns nur in dem Glauben, um unsere Arbeit nicht zu vernachlässigen.«

»Mit dem Herzen lieben?« Bane keuchte auf. »Wo habt ihr bitte eure Herzen?«

Ariella lachte. Wie sehr sie diesen Humor vermisst hatte.

Plötzlich lösten sich die Fäustlinge und Haltegurte auf. Bane war frei. Verwundert starrte er auf seine Arme, schloss sie jedoch sofort um Ariella und drehte sich mit ihr herum. Er küsste sie stürmisch, wobei er wie von Sinnen in sie stieß. So hart und tief, dass das Bett bei jedem Stoß gegen die Wand krachte.

»Ich liebe dich, meine Retterin«, nuschelte er an ihren Lippen. »So sehr.«

Beim nächsten Kuss spürte sie ihn in sich pulsieren. Er wurde noch härter und länger, doch Ariella hatte keine Angst wegen seiner dämonischen Ausmaße, im Gegenteil. Die intensive Dehnung erzeugte einen Lustschmerz, der ihre Erregung enorm anstachelte.

Während Bane mit einer Hand ihre Pobacke, mit der anderen Hand eine Brust knetete und sich mit einem tiefen Knurren in ihr verströmte, erreichte auch sie ihren Höhepunkt. Sie musste Bane überall berühren, den knackigen Po, seinen Rücken, die breiten Schultern.

Endlich hatte sie ihn zurück.

***

»Mir reicht's! Es gibt Sexentzug«, schimpfte Ariella.

Vergeblich. Bane stieß sich erneut vom Dach des Towers ab, die schwarzen Schwingen ausgebreitet, und stürzte in die Tiefe.

»Das hältst du doch eh nicht aus!«, hörte sie ihn rufen.

Seufzend erhob sie sich in die Luft und flog ihm hinterher. Immerhin beherrschte er es mittlerweile, zu gleiten und einige Kurven zu drehen. Seine Jeans flatterten im Wind. Mehr trug er nicht am Leib und Ariella bewunderte seinen gestählten Körper.

Vor zwei Tagen hatte er die ersten Flugversuche unternommen und seine Muskeln wurden immer stärker. Er war unerschrocken, ein Draufgänger. Beim ersten Mal hatte er eine Bruchlandung hingelegt und sich sämtliche Knochen gebrochen. Nach einer Spezialbehandlung à la Ariella war er im

Nu gesund gewesen und hatte sich sofort wieder aufs Dach begeben. Er kämpfte jetzt an ihrer Seite. Sie war seine Mentorin, seine Trainerin. Was äußerst anstrengend war, weil er seinen eigenen Dickkopf hatte. Oder er wollte absichtlich nicht auf ihre Tipps hören, damit sie ihn nach jedem Absturz verwöhnen musste.

Der Rat hatte ihnen die erste gemeinsame Aufgabe zugeteilt: den Menschen zu retten, den der neue Herrscher der Unterwelt gefangen hielt, um Ilka zu erpressen. Weil die Dämonin Ariella und viele andere Leben gerettet und Bane zurückgebracht hatte, zögerte keiner von ihnen, diese Mission anzunehmen. Da Bane als halber Dämon weiterhin Portale erzeugen konnte, freute er sich, seinem Bruder, der ihn gewiss für tot hielt, »ordentlich in den Arsch zu treten«, wie er sich ausdrückte.

Ariella musste ihn noch von dieser Idee abbringen. Xadist war kein gewöhnlicher Dämon mehr.

»Was hab ich dir über den Ruderflug gesagt?«, rief sie gegen den Wind an, als sie endlich über Bane segelte. »Die Flügel nach unten und gleichzeitig nach hinten drücken! Beim Aufwärtsschlag die Schwungfedern drehen, damit Luft durchströmen kann. Und vor dem Landen in den Gleitflug gehen!«

Grinsend machte Bane eine Pirouette und bescherte Ariella einen halben Herzinfarkt, als er mehrere Meter nach unten trudelte. Kurz vor dem Boden fing er sich und landete halbwegs elegant auf einem Grünstreifen.

Triumphierend grinste er sie an. »Na, wie war das, Vögelchen?«

Ariella landete kopfschüttelnd neben ihm. »Du gehörst irgendwo angekettet, bis du die Theorie beherrschst.«

»Hmm …« Er tippte sich ans Kinn und zog sie an seine nackte Brust. »Ich wüsste da auch schon den passenden Ort.«

Er sah sie so unschuldig an, dass sie laut lachen musste und ihn küsste. »Unverbesserlich, Dämon. Einfach unverbesserlich.«

Ins Herz gestohlen

Tyler arbeitet immer noch hier!, dachte Samantha Brooks. In ihrem Magen kribbelte es jedes Mal, wenn sie ihn sah, und ihr Herz machte Sprünge – was sie total albern fand. Schließlich war sie kein Teenager mehr.

Wie an jedem Nachmittag betrat sie das nostalgische Shopping Center an der ehemaligen Route 66, in dem gleich ihre Schicht als Sicherheitsbedienstete begann. Tyler Jennings hielt ihr die Tür auf. Es war die Pflicht der Angestellten, falls sie sich in der Nähe des Eingangs befanden, jedem Kunden die Türe zu öffnen. Tyler hatte wohl bemerkt, dass es kein Besucher des Ladens, sondern Samantha war, da er auf seine Füße starrte.

»Hi, Tyler«, begrüßte sie den jungen Mann dennoch.

Er brachte nur krächzend ein »Sam« heraus, als sie an ihm vorbeiging, wobei er sich durch sein braunes Haar fuhr und es noch mehr verstrubbelte.

Samanthas Puls legte an Tempo zu. Es fiel Tyler offensichtlich schwer, sie anzusehen – wahrscheinlich war er ihr wegen früher noch nachtragend. Er musste acht gewesen sein und sie vierzehn. Damals hatten alle Kinder sie »Sam Bang« genannt, weil sie als Anführerin ihrer Bande einen fantastischen Aufwärtshaken beherrschte. Tyler war der Jüngste im Bunde gewesen. Er hatte einiges einstecken müssen, sich jedoch immer behauptet. Aber er hatte sich oft ihren Befehlen widersetzt und sich geweigert, jeden Streich mitzuspielen, den Sam ihrer Bande abverlangt hatte.

Sie seufzte innerlich. Das war schon eine tolle Zeit gewesen. Sie hatte sich sorgenlos und frei gefühlt. Jetzt war alles anders …

Warum hatte Tyler überhaupt den Aushilfsjob im Supermarkt angenommen, wenn ihm hier anscheinend *alles* missfiel, so gequält, wie er oft guckte? Oder lag das wirklich nur an ihr?

Allerdings kam er ihr verändert vor. Erwachsener, ernster – was wahrscheinlich daran lag, dass er kein Junge mehr war.

In diesen Semesterferien verdiente er sich etwas Geld als Regaleinräumer, obwohl er das nicht nötig hatte, da er aus einer gut situierten Familie stammte. Er studierte Medizin an einer Elite-Universität in New York. Seine Eltern mussten stolz auf ihn sein, denn er würde einmal ihre Arztpraxis übernehmen.

Es war schon gut so, dass er nichts von ihr wollte – was eventuell auch am Altersunterschied lag, immerhin war er erst zweiundzwanzig und sie ein paar Jährchen älter. Tyler würde sich bestimmt entsetzt von ihr abwenden, wenn er erfuhr, *wie* sie es wollte. Und das würde sich in diesem Kaff im Hinterland von Illinois verdammt schnell herumsprechen. Sie wäre geliefert, würde gewiss ihren Job verlieren und von keinem mehr angesehen werden.

Seufzend marschierte sie zwischen den Regalen hindurch bis zu einer Tür ganz hinten im Kaufhaus, wo ihr Arbeitsplatz lag. Dabei bildete sie sich ein, im Nacken ein Kribbeln zu spüren, oder besser gesagt: auf ihrem Hintern. Ihre schwarze Hose spannte sich ein wenig zu straff über ihr Gesäß, das war ihr bewusst; leider war bisher die neue Lieferung mit der Arbeitskleidung noch nicht eingetroffen. Es war ja nicht so, dass sie dick war, sondern sie machte im Moment einfach zu viel Sport. Das schien die einzige Möglichkeit zu sein, ihre Triebe zu unterdrücken. Zudem schadete Krafttraining nicht, wenn man im Sicherheitsdienst arbeitete.

Ihr Herz wurde schwer, als sie an Tylers Rehaugen dachte, die er immer vor ihr verbarg. Das Verlangen, sich umzudrehen, um zu sehen, ob er sie beobachtete, wurde übermächtig. Doch als sie einen Blick über die Schulter riskierte, studierte er eine Reklametafel.

Ein Mann wie er wäre genau ihr Kaliber: sein Unschuldsblick, der schlanke Körper und das Jungenhafte an ihm machten Sam an. Außerdem war er verdammt süß. Aber so wie er sich verhielt, würde sie weiterhin anonyme Sex-Mails austauschen oder sich mit irgendwelchen Kerlen treffen, die sie im Internet kennenlernte und die möglichst nicht in der Nähe ihres Kaffs wohnten.

Mit zitternden Fingern sperrte sie die Tür auf und betrat einen karg eingerichteten Raum. Das einzige Fenster war mit einer Jalousie abgedunkelt, damit die Hitze der Wüstensonne das kleine Zimmer nicht zu sehr aufheizte. Samantha schwitzte in ihrem hellen Hemd ohnehin genug, obwohl die Klimaanlage für angenehme Temperaturen sorgte. Oder lag es an Tyler, der sich ständig in ihre Gedanken stahl und ihr somit den Schweiß aus jeder Pore trieb? Von dem sanften Pochen in ihrem Schoß ganz zu schweigen.

»Hallo, Samantha«, begrüßte sie ein älterer Herr mit Schnauzbart, den sie nun hinter den Monitoren ablösen wollte. »Dann geh ich mal heim.«

»Alles klar, Cooper.«

Nur sie beide waren in diesem Shopping Center für die Sicherheit zuständig. Es verirrten sich einige Touristen und Nostalgiker in ihr Kaff, aber es gab nicht wirklich viel zu tun. Doch nach einem schlimmen Überfall vor zwei Jahren hatte die Stadt beschlossen, Wachpersonal zu beschäftigen.

»Hab einen schönen Tag und grüße Becky lieb von mir!«, rief Samantha ihrem Kollegen hinterher, als er den Raum verließ und sie hinter ihm absperrte.

Sie setzte sich in den Drehstuhl, in dem noch Coopers Wärme hing, um sich an die Arbeit zu machen. Zuerst überprüfte sie, ob in jedem Bereich die Kameras funktionierten, bevor sie nach der Tageszeitung griff, die ihr Kollege vergessen hatte. Mal sehen, was es in der weiten Welt Neues gab.

Gerade, als sie die erste Seite aufschlagen wollte, bemerkte sie aus den

Augenwinkeln eine Bewegung auf einem der Monitore. Erst dachte sie, es wäre ein Kunde, aber es war Tyler.

Sam lehnte sich in ihrem Stuhl nach vorne. Was machte er in der Souvenir-Abteilung? Er sollte doch Lebensmittel einräumen.

Tyler stand vor einem Tisch mit verschiedenen Schlüsselanhängern: Oldtimern, Flaggen und winzigen Pokalen, die sich bei den Touristen großer Beliebtheit erfreuten.

Die Nachrichten waren vergessen, denn sie beschloss, ihn unbemerkt anzuhimmeln. Sie verfiel einem ihrer Tagträume, in dem sie Tyler an ihr Bett gefesselt sah. Nackt.

Demütig würde er zu ihr aufschauen und sie anflehen, um Gnade winseln, wenn sie ihn lustvoll unterwarf, ihn mit heißem Wachs benetzte, ihn zwickte und ihm befahl, sie zu lecken. Er würde es genießen, weil er es liebte, von ihr in Besitz genommen zu werden ...

Plötzlich nahm er einen Schlüsselanhänger, um ihn hektisch in seine Hosentasche zu stecken.

Sam stockte der Atem. Jäh wurde sie aus ihrer Fantasie gerissen. »Mach keinen Scheiß, Junge!«

War ihm nicht klar, dass er sich soeben eine erfolgreiche Zukunft versaute?

Ein weiterer Schlüsselanhänger wanderte in seine Jeans, doch diesmal nicht in die Hosentasche, nein, er ließ ihn im Bund verschwinden, um die Miniatur in seinem Slip zu verbergen.

Samantha kochte. Wie konnte ein intelligenter Mann von jetzt auf gleich zu einem Dummkopf mutieren?

Wütend erhob sie sich. Sie würde ein ernstes Wörtchen mit ihm reden müssen.

Als sie die Souvenir-Abteilung betrat, stand Tyler immer noch vor dem Tisch, mit dem Rücken zu ihr.

»Bist du von allen guten Geistern verlassen?«, zischte sie ihm von hinten ins Ohr.

Er zuckte zusammen, drehte sich jedoch nicht um.

»Du legst jetzt alles wieder zurück, dann drücke ich ein Auge zu.«

»Nein«, drang es wie ein Hauch durch das Rauschen ihres Blutes in ihren Kopf.

»Bitte?« Sie musste sich verhört haben.

»Ich habe nichts getan«, erwiderte er leise.

Hastig blickte Sam zu beiden Seiten, aber sie standen allein in der Abteilung. Bisher hatte niemand etwas mitbekommen.

Sie war ihm so nah, dass sie seine Körperwärme spüren und sein Aftershave riechen konnte. Er duftete herrlich. Nach Mann und Parfum.

Der Junge war doch kein Krimineller. Niemals!

»Tyler«, flüsterte sie, »was soll das? Ich hab dich genau beobachtet.«

Keine Antwort. Sam sah nur, dass er zitterte. Seine Hände ballten sich an den Seiten zu Fäusten, den Kopf hielt er gesenkt.

Aha, also auf frischer Tat ertappt und jetzt den Unschuldigen spielen. Seine Nervosität sprach allerdings Bände.

»Mitkommen!«, befahl sie, worauf sie ihn am Arm packte und mit sich in den Überwachungsraum zog. Die warme Haut seines Unterarmes versengte regelrecht ihre Finger.

Erst als sie routinemäßig die Tür hinter ihnen abgesperrt hatte, ließ sie ihn los. Breitbeinig baute sie sich vor ihm auf, wodurch er zu schrumpfen schien. Normalerweise war er ein klein wenig größer als sie, aber nun konnte sie ihm direkt in die dunklen Augen sehen. Hastig senkte er den Blick.

»Jetzt gibst du mir die Sachen und erklärst, was das Ganze soll!« Sam schrie beinahe, so sauer war sie auf ihn.

Er rührte sich nicht, starrte nur auf seine Sneaker.

»Tyler!«

Trotzig sah er zu ihr auf, er atmete schneller. »Nein, Ma'am.« Sofort schaute er wieder weg und schien noch kleiner zu werden.

Eigentlich hatte Sam ihn jetzt genau da, wo sie ihn immer hatte haben wollen, nur dass dies hier kein Spiel war, sondern die Realität. Doch die Situation brachte ihre dunkle, triebhafte Saite zum Klingen. Ihr Inneres krampfte sich lustvoll zusammen.

Nicht jetzt!, schalt sie sich. *Die Sache ist verdammt ernst. Tyler hat gestohlen!* Samantha wollte auf keinen Fall, dass er sich Steine in den Weg legte. »Verflucht, Tyler, du bist kein Dieb! Du hast es nicht nötig zu stehlen.«

Er blieb stumm.

»Her mit den Sachen!« Wütend über seine Dummheit, drückte Sam ihn an den Schultern gegen die Wand. Dann fuhren ihre Hände über seinen Körper.

Tyler keuchte auf, als sie über seine Brust glitt. Durch das dünne T-Shirt spürte sie seine Nippel, die sich zu festen Kügelchen zusammengezogen hatten.

Mit geschlossenen Augen und leise stöhnend lehnte er an der Wand.

Sam schluckte schwer, Lust schoss wie glühende Hitze in ihren Unterleib. Die grobe Behandlung erregte ihn? Oder zeigte er nur Angst? Er war wie versteinert!

Nein, nein, das muss eine Prüfung sein, warum quälst du mich so?, schickte sie ihre Gedanken fragend nach oben, natürlich ohne eine Antwort zu erhalten.

War sie vielleicht schuld an seinem Verhalten? Plötzlich erinnerte sie sich an ihre Kindheit. Vielleicht hatte sie Tyler einmal zu oft vermöbelt.

Er zwinkerte unschuldig, doch das Funkeln in seinen Augen sagte ihr, dass hinter der schüchternen Fassade immer noch ein kleiner Rebell steckte.

Ihre Hände entwickelten plötzlich ein Eigenleben. Sie drehte Tyler herum, sodass er mit dem Gesicht zur Wand stand; mit den Füßen drängte sie seine Beine ein Stück auseinander. Wenn er die Souvenirs nicht freiwillig herausrückte, hatte sie das Recht, ihn zu durchsuchen.

Na ja, das stimmte nicht ganz. Rein rechtlich durfte sie eine andersgeschlechtliche Person nicht so einfach untersuchen, aber Cooper war nicht mehr im Haus und die Cops wollte Sam gewiss nicht anrufen. Sie wollte das mit Tyler allein klären, unter vier Augen. Okay, sie handelte ziemlich hirnlos – doch Verliebtsein machte ja bekanntlich blind.

»Arme nach oben. Leg sie an die Wand!«, befahl sie barsch.

Schlagartig gehorchte er, als hätte sie ihn geohrfeigt.

Sie tastete seinen Rücken ab, obwohl sie wusste, dass er darunter nichts versteckte. Ihr Herz klopfte wild. Tyler hatte sie nun wegen der unerlaubten Körperkontrolle in der Hand, genauso wie sie ihn wegen des Diebstahls erpressen konnte. Ob er sich deshalb von ihr anfassen ließ, weil er wusste, was für ihn auf dem Spiel stand?

Als ihre Hände nach vorne glitten, um noch einmal seine Brust zu berühren, lehnte sie den Kopf wie unbeabsichtigt an seine Schulter. Tief sog sie sein Aroma ein, was ihren Kitzler dazu brachte, noch heftiger zu pochen. Ihr Slip war bereits feucht, so sehr erregte sie Tylers unterwürfige Haltung.

Ihre Finger glitten wieder zurück, erspürten die Muskelstränge seines Rückens. Im Nu waren ihre Hände unter dem Shirt verschwunden, und als sie seine Haut fühlte, die warm und samtigweich war, entfuhr ihr ein lustvoller Laut. Sie schmiegte sich von hinten an Tylers festen Körper, um den flachen Bauch zu betasten, der sich hektisch bewegte.

»Warst du unartig, Tyler?«, hauchte sie ihm ins Ohr und erschrak zugleich. Hilfe, was tat sie nur?

»Ja, Ma'am!«, kam es wie aus der Pistole geschossen. Er stöhnte und keuchte auf, als sie ihn in eine Brustwarze zwickte.

Erleichterung durchströmte sie. Es erregte ihn! Und es machte sie an, wenn er »Ma'am« zu ihr sagte.

Er hätte sich gegen ihre Übergriffe wehren können, doch das tat er nicht, denn … Herr im Himmel, Tyler war nicht schüchtern oder gar verängstigt, er war devot!

Ein kleines Männchen überschlug sich wie verrückt in ihrem Bauch, weil ihr Traum soeben wahr wurde.

Ihre Finger glitten wieder tiefer, öffneten den obersten Knopf der Jeans und drängten hinein. Sie stupsten gegen seine Eichel, die aus dem Slip ragte, weil Tyler bereits eine Erektion hatte – und was für eine! Er zitterte, als Sam mit den Fingernägeln über die empfindliche Spitze fuhr und sich dann weiter nach unten vortastete. Durch den Stoff der Unterhose befühlte sie den langen Schaft und die festen Hoden.

Tyler streckte ihr seinen süßen Knackarsch entgegen. Sein Atem ging stoßweise, er schwitzte leicht.

»Wenn du mir das Diebesgut nicht zurückgibst, muss ich dich durchsuchen. Gründlich.«

Nickend erwiderte er: »Ja, Ma'am.«

Sam wusste, dass ein Schlüsselanhänger im Slip steckte. Ihr Herz ratterte wie ein Presslufthammer. Sie musste Tyler spüren – jetzt! Also glitt sie kurzerhand mit den Fingern in die Unterhose, wo sie seine samtige Männlichkeit umschloss. Heftig pulsierte sie gegen ihre Hand. Heiß und verwundbar.

Vorsichtig drückte sie die Hoden, bis ein Zucken durch seinen Körper ging. Tyler ächzte, ihm stockte der Atem.

Da zog sie den Anhänger heraus. Nacheinander holte sie alle Souvenirs hervor und war traurig, dass die Durchsuchung nun zu Ende war, doch … Ihr kam eine Idee. Tyler war erregt. Vielleicht würde er mitspielen?

Es kribbelte in ihren Nervenbahnen und ihre Stimme zitterte, als sie ihm befahl: »Zieh die Hosen herunter, bis zu den Knien!«

Ein kurzes Zögern seinerseits, worauf sie die Luft anhielt, aber schließlich gehorchte er und streckte ihr sogar extraweit das Gesäß entgegen. Dann blieb er wieder mit erhobenen Händen an der Wand stehen.

Sam unterdrückte ein Stöhnen. Träumte sie auch nicht?

Fasziniert blickte sie auf die beiden Grübchen oberhalb seiner knackigen Pobacken. Die Haut war glatt, das Fleisch fest. Er besaß einen derart süßen Hintern, dass sie am liebsten reingebissen hätte.

Eine Hand stahl sich zwischen ihre Beine, wo sich mittlerweile ein gigantischer Druck aufgebaut hatte. Sam wollte Tyler befehlen, sich vor sie zu knien, damit er sie mit dem Mund befriedigte, sie so lange leckte, bis sie kam.

Doch sie musste ihren Job erledigen, Tyler gründlich durchsuchen.

»Zieh dein Hemd aus«, gab sie deshalb eine neue Order, der er wieder nachkam. Langsam streifte er sich das Shirt über den Kopf, ohne sich umzudrehen.

Sam riss ihm den Stoff aus der Hand. Heimlich hielt sie ihn an die Nase, um tief den erregend-männlichen Duft einzuatmen, wobei sie wie paralysiert auf den herrlichen Körper starrte.

Gott, machte sie sein Geruch an! Und erst der Body!

»Dreh dich um!«

Die Augen geschlossen, folgte er auch diesem Befehl. Seinen sinnlichen Mund hatte er leicht geöffnet, er atmete schnell.

Schwer schluckend musterte sie ihn. Sein Geschlecht war rasiert, bis auf einen schmalen Streifen an der Scham. Herrjeh, war der Kerl sexy!

Zitternd ragte ihr seine Erektion entgegen. Tyler besaß einen schlanken Penis mit einer spitz zulaufenden Eichel.

Ihr Blick wanderte an dem flachen Bauch nach oben bis zur Brust, wo sich sanfte Muskeln unter der Haut wölbten. Tyler sah aus wie ein junger Gott. Makellos, wunderschön und nicht zu dünn. Genau richtig für ihren Geschmack.

Ein süßes Ziehen bahnte sich den Weg durch ihre Brust, ihre Nippel wurden noch härter und rieben sich am Stoff des BHs.

Nah trat sie zu ihm, worauf Tyler erschauderte. Er spürte ihre Nähe, obwohl er die Augen vehement geschlossen hielt.

Sam pustete die Brustwarzen an, bevor ihre Zunge darüber flatterte.

Keuchend lehnte er den Kopf gegen die Wand, sein Penis zuckte. Kurzerhand umschloss sie sein heißes, samtiges Fleisch, um die zarte Haut auf dem harten Kern hin und her zu schieben.

Er besaß jedoch die Unverfrorenheit, ihr die Hüften entgegenzustoßen.

Sofort ließ sie ihn los, was er mit einem unterdrückten Knurren quittierte.

Blinzelnd sah er sie an. Auf seinem Gesicht lag ein Ausdruck höchster Lust, sein Körper war angespannt. Er stand kurz vor dem Höhepunkt.

»Bitte, Ma'am«, flehte er, auf ihre Hand blickend. Aus der Spitze seines Gliedes perlten Lusttropfen.

»Du hast recht, ich war noch nicht fertig!«, rief sie, und er zuckte zusammen. »Da rüber mit dir!«

An seinem Penis führte Sam ihn zu einem alten Holzstuhl, der in einer Ecke stand, was wegen der heruntergelassenen Hosen nur langsam ging. Sam drehte Tyler herum. Schließlich durfte sie ihren Job nicht vernachlässigen.

»Halt dich an der Lehne fest und strecke mir deinen Po entgegen!«

Er warf einen flehenden Blick über die Schulter, gehorchte jedoch. Aber seine Augen wurden groß, als Sam ein Paar Latexhandschuhe aus der Schreibtischschublade holte und sich überzog.

Sanft massierte sie seine Pobacken. Immer noch konnte sie nicht glauben, was sich soeben abspielte: Hier stand ein nackter, junger Mann und ließ alles mit sich machen. Wie weit würde er gehen?

»Ablecken!« Unverfroren schob sie ihm den Zeigefinger in den Mund.

Gehorsam speichelte er den Handschuh ein, wobei sein Stöhnen wieder zunahm. Ergeben saugte er, bis die Feuchtigkeit an der Seite herablief.

Mit der anderen Hand drückte Sam seine Erektion zusammen. Es schien ihn zusätzlich zu stimulieren, dass sie nun Gummihandschuhe trug. Unruhig verlagerte er das Gewicht von einem Bein auf das andere.

Sie zog den Finger aus seinem Mund, dann schob sie ihn zwischen seine Pobacken. Tylers Ringmuskel zuckte.

»Bitte nicht, Ma'am, da hab ich nichts«, flehte er, drückte ihr jedoch das Gesäß entgegen. Es war eine stumme Aufforderung, das Spiel weiterzuführen.

Genüsslich ließ sie ihren Finger auf dem rosigen Eingang kreisen, um ab und zu die Spitze darin zu versenken. »Das entscheide immer noch ich, du kleiner Dieb.«

Seine Finger krallten sich in die Lehne, die Lider hielt er fest geschlossen.

»Du warst unartig, und unartige Jungs müssen bestraft werden.«

»Ja, Ma'am.«

»Schließlich möchte ich nicht, dass du dieselbe Dummheit noch einmal begehst.« Sam bohrte ihren Finger tiefer in ihn. »Hast du verstanden?«

»Ja, Ma'am, verstanden!«

Sie spürte die Erhebung in seinem Inneren, das ihren Finger heiß umschloss. Sanft spielte sie mit dem Lustpunkt, während sie weiterhin mit der anderen Hand an seiner Erektion rieb. Durch die Unmengen an Lusttropfen, die aus ihm herausliefen, war ihr Handschuh bereits glitschig.

Sam schielte auf die Schublade, in der ein Schlagstock lag. Sie hätte zu große Lust, ihn Tyler einzuführen, doch so weit war er noch nicht. Er schien mit ihrem Finger ausreichend bedient zu sein.

Sein Atem raste, er war kurz davor, sich zu ergießen. Da hielt Sam in ihren Bewegungen inne. »Jetzt sagst du mir, warum du gestohlen hast!«

»Es war ...« Er hechelte, als sie gegen die Prostata drückte. Die Erektion in ihrer Hand zuckte. »Es war nur Ihretwegen, Ma'am.«

»Meinetwegen?« Sam stutzte. »Ich höre!«

»Erst müssen Sie mich weiter durchsuchen.«

»So, du bist also nicht nur ein Dieb, sondern ein mieser, kleiner Erpresser!« Die Situation machte Samantha so unsagbar an, dass sie Tyler wild fingerte, den Schaft fest massierte und sich selbst an seinem Oberschenkel rieb. Hart pochte ihr Kitzler gegen ihr Höschen. Ihr Unterleib verkrampfte sich, während sie Tylers Erektion noch härter bearbeitete. Süße Hitze flutete ihren Schoß; ihre Brustwarzen kribbelten. Der Höhepunkt ließ sie erbeben und raubte sämtliche Kraft aus ihren Beinen.

Laut stöhnend kam Tyler kurz nach ihr. Warm lief sein Sperma über ihre Hand und tropfte zu Boden – dabei küsste sie seinen Rücken und leckte den salzigen Film von der Haut. Am liebsten hätte sie ihn von oben bis unten abgeleckt, so süß wie er war. Hingebungsvoll, leidenschaftlich, devot. Einfach perfekt.

Schwer atmend hielt sich Tyler am Stuhl fest, die Augen geschlossen. Schweiß glitzerte auf seiner Nase, die braunen Strähnen klebten ihm an der

Stirn. Sanft strich Sam sie aus seinem Gesicht.

Mit dem Abebben der Lust kam allerdings die Ernüchterung. Gott, was hatte sie getan?

»I-ich hätte meine Position nicht missbrauchen dürfen«, stammelte sie, als sie sich hastig die Handschuhe abstreifte und in den Mülleimer unter dem Tisch warf. Wenn er sie anzeigte? Ihr Herz raste. »Es tut mir leid.«

»Mir nicht.« Langsam richtete er sich auf, zog seine Jeans hoch und das Shirt an. Danach holte er ein Taschentuch aus der Hose, mit dem er artig seine Spuren von Stuhl und Boden wischte.

Sprachlos sah Samantha ihm zu.

Tyler holte tief Luft und schaute ihr in die Augen. »Wenn jemand Schuld hat, dann ich. Ich habe dich absichtlich provoziert.«

»Du hast gestohlen, um diese Situation herbeizuführen?«

Scheu lächelnd nickte er. »Ich war unartig, genau wie früher in unserer Bande.«

Hieß das, er hatte sie damals schon angehimmelt? »A-aber ... woher wusstest du ...«

»Ich bin Sklave Nummer sieben«, flüsterte er.

Sie öffnete den Mund, schloss ihn jedoch sofort wieder. Plötzlich fügten sich die Teile wie bei einem Puzzle zusammen. *Er ist sklave_7 ...*

Also war Tyler derjenige, mit dem sie über Wochen schmutzigen Mailkontakt gehabt hatte! Er wusste genau, worauf sie stand.

Tyler erzählte ihr stockend, dass er im Internet auf dasselbe Forum gestoßen war wie Sam, wo sich Subs und Doms anonym kennenlernen, austauschen und verabreden konnten.

»Du warst also die Verabredung, die mich letzte Woche vor dem Diner sitzen gelassen hat?«

»Ja«, gestand er kleinlaut.

»Wieso?«

Er räusperte sich und blickte wieder zu Boden. »Ich hab gedacht, es ist eine Falle.«

»Falle?«

»Ja, dass mein Dad mich reinlegen wollte.«

Sam hob die Schultern. »Jetzt verstehe ich gar nichts mehr.«

Eine sanfte Röte überzog sein Gesicht. »Dad hat mich erwischt, während ich am Computer saß und die Seite des Sklavenbasars geöffnet hatte, um dir zu schreiben. Da wusste ich aber noch nicht, dass du Lady_Cop28 bist. Dad wollte mein Studium nicht mehr finanzieren. Und da du als Security arbeitest, dachte ich, er habe meine Mails gelesen und dich angeheuert. Daher bin ich sofort wieder gegangen, als ich dich vor dem Diner sah, bevor du mich sehen konntest. Als ich meinen Dad daraufhin zur Rede stellte, bemerkte ich sehr schnell, dass er keine Ahnung hatte, wovon ich sprach. Gott, war das peinlich.«

Obwohl die ganze Sache äußerst tragisch war, musste Sam schmunzeln, als sie sich die Situation ausmalte. Tyler war zweiundzwanzig Jahre alt, trotzdem stand er noch unter der Fuchtel seiner Eltern. Natürlich – sie finanzierten sein Studium und hatten ihn somit in der Hand.

»Dann hast du also nur gestohlen, um …«

»Ich hab es nicht mehr ausgehalten«, sagte er. »Dad hat meinen Internetzugang gesperrt, daher konnte ich dir nicht mehr schreiben.«

Lächelnd zog sie ihn in die Arme. Er schmiegte sich an sie und küsste sanft ihren Hals, was ihr Blut schon wieder zum Kochen brachte.

»Du hältst das nicht für anormal, was wir tun?«, fragte sie leise.

»Was tun wir denn?« Er grinste sie derart spitzbübisch an, dass ihr schwindelig wurde. »Solange niemand erfährt, was wir treiben, wird keiner dieser Moralapostel sich ein Urteil erlauben.«

»Sie werden immer etwas finden, glaube mir, und wenn es nur der Altersunterschied ist.«

»Meine Güte, die paar Jährchen.«

Jetzt lächelte Sam ebenfalls. Man merkte, dass Tyler in New York die spießbürgerliche Sichtweise, die die meisten Einwohner dieses Kaffs besaßen, abgelegt hatte.

»Gut.« Ihre Stimme klang schlagartig wieder streng. »Du wirst um eine Strafe nicht herumkommen. Dein Diebstahl wird nicht ohne Folgen bleiben.«

Sofort verschwand das süße Lächeln aus seinem Gesicht. »A-aber das war doch nur …«

»Hab ich dir erlaubt zu sprechen?!«

Hastig senkte er den Kopf. »Nein, Ma'am.«

»So ist es brav, so mag ich dich.« Sie drängte ihn zurück, bis er mit dem Gesäß an die Kante des Schreibtisches stieß. »Du wirst heute nach Geschäftsschluss zu mir nach Hause kommen, verstanden?«

»Ja«, hauchte er.

»Eine Frage noch: Warum bist du mir ständig ausgewichen? Hast mich behandelt, als wäre ich Luft?«

»Weil …« Tyler atmete tief ein und flüsterte: »Wenn ich bis in die Haarspitzen verliebt bin, benehme ich mich wie ein grüner Junge«, bevor er vorsichtig seine Lippen auf ihren Mund legte. Zart knabberte er an ihm und machte Pudding aus ihren Knien. *Er liebt mich …*

Sam wartete nicht, bis er mehr Einsatz zeigte, sondern drang mit der Zunge in ihn ein. Sie konnte ihr Glück kaum begreifen.

Ihr Kuss geriet immer leidenschaftlicher. Sie berührten sich überall, bis er in ihr Haar griff, um sie näher zu sich zu ziehen.

Sie riss seine Arme weg. Wozu das führen würde, wusste Sam, aber sie hatte zu arbeiten. Und er ebenfalls.

»Hast du nicht noch ein paar Regale aufzufüllen?«, sagte sie streng, doch ihre Mundwinkel umspielte ein Lächeln.

Auch Tyler grinste, die Lippen von ihren wilden Küssen sanft gerötet. Gott, wie süß er war! »Ja, Ma'am.«

»Dann an die Arbeit. Und vergiss nicht, heute Abend pünktlich zu sein.«

»Bestimmt nicht«, antwortete er, als Sam ihm die Tür aufsperrte und ihn noch einmal zärtlich küsste, bevor sie ihn herausließ. Anschließend sprang sie förmlich in den Drehstuhl und suchte den Monitor, der die Regale zeigte.

Da stand Tyler bald, räumte die erste Dose ein und starrte geradewegs in die Kamera, als könnte er durch die Linse bis zu Samantha sehen. Unschuldig zwinkerte er mit seinen braunen Augen.

Ihr wurde heiß und kalt zugleich. Dieser Blick …

Sie würde ihn den ganzen Tag beim Arbeiten beobachten, denn sie konnte es kaum erwarten, ihm später gehörig die Leviten zu lesen, damit er sich ihr zuliebe nie wieder derart leichtsinnig verhielt. Aber diesmal so, dass sie selbst auch voll auf ihre Kosten kam.

Nymphenspiele

Kosh hörte das Gekicher junger Nymphen und musste lächeln, als er den Busch mit beiden Händen teilte, um einen besseren Blick auf die Quelle zu erhaschen. Sie lag tief versteckt im Wald und war schon seit Jahrtausenden im Besitz der Wassernymphen. Tiefblaues Nass sprudelte vom steinigen Grund und bildete ein kreisrundes Becken. Es schimmerte geheimnisvoll. Wer davon trank, sollte langsamer altern. Doch nur die, die eine reine Seele besaßen, durften davon kosten.

Kosh beugte sich über den Rand und betrachtete sein selbstgefälliges Grinsen auf der Wasseroberfläche. Seine grünen Iriden funkelten vergnügt, denn heute würde er sich sein Mädchen holen.

Leider konnte er nicht näher heran, da ein Schutzzauber es einem Dämon wie ihm verwehrte, heiligen Boden zu betreten. Ah, aber zusehen konnte er den drei jungen Frauen, wie sie nackt im Wasser plantschten und dabei lachten. Bis auf die Nymphe in ihrer Mitte, dem sein Hauptaugenmerk galt: Lynabella. Auch wenn sie ihren beiden Schwestern Syriel und Maira sehr ähnlich sah, mit ihren mädchenhaften, spitzen Brüsten und dem hüftlangen goldblonden Haar, war Lynabella dennoch die schönste und begehrenswerteste von allen. Weil sie ihm verfallen war. Ihm, dem schwarzhaarigen Teufel, einem Waldgeist, dessen Aufgabe es war, Lebensfreude zu verbreiten und seinen sexuellen Appetit an allen hübschen Wesen zu stillen, die ihm vor die Lenden kamen. Doch er wollte nur die Eine.

Die Nymphen hielten vor der Grotte eine Zeremonie ab, die Lynabella zur neuen Wächterin der Quelle machen sollte. Ihre Schwestern wuschen sie und sie sträubte sich dagegen, was ihn herrlich amüsierte. Während Syriel und Maira sie mit Blättern abrieben, kämpfte sie sichtbar gegen ihr Verlangen. Ihre Brustwarzen standen hart ab und ihr Atmen ging schneller. Nur durften ihre Schwestern niemals erfahren, dass sie bereits von der Sünde gekostet hatte.

Kosh ließ den Busch los und ging an einer anderen Stelle, an der er mehr erkennen konnte, in die Hocke. Er öffnete die Schenkel, um unter dem Lendenschurz sein Geschlecht zu umschließen. Als unersättlicher Dämon wollte er ständig bereit sein, wenn ihn die Lust befiel, daher trug er nicht mehr als diesen Fetzen Leder um seine Hüften.

Langsam glitt er über seine Erektion und schloss sie in beide Fäuste ein. Er stellte sich vor wie es wäre, in Lynabellas engem Schoß zu sein, der ihn willkommen heißen würde. Bella – wie er sie für sich nannte – war ein äußerst williges Mädchen und spreizte die Beine für ihn, wann immer er es von ihr verlangte. Aber das könnte bald ein Ende haben und das verärgerte ihn.

Deshalb war er hier – um etwas dagegen zu unternehmen.

Schneller massierte er seinen Schwanz, quälte ihn geradezu und spürte, wie der Lustschmerz durch seinen Unterleib raste. Der Lendenschurz störte ihn, daher riss er ihn sich von den Hüften. Sein steifer Penis ragte hart und dick zwischen seinen Schenkeln empor. Auf der geröteten Spitze perlte ein Tropfen, den er mit Daumen und Zeigefinger auf der glatten Kuppe verrieb. Kosh stöhnte laut auf, weil er kurz vor dem Höhepunkt stand.

»Wer ist da?«, rief plötzlich eine der Nymphenschwestern in seine Richtung.

Verdammt … Wo er fast Erlösung gefunden hatte! Frustriert knurrte er.

Bella starrte mit großen Augen in seine Richtung. »Es ist Kosh! Ich glaube, er ist verletzt!«

»Lass ihn, Schwester. Vielleicht stirbt er ja, dann kann er nicht mehr versuchen, unschuldige Wesen zu verführen.«

»Ich muss ihm helfen!« Bella erhob sich und watete ans Ufer.

Syriel und Maira hielten sie am Fuß fest. »Die Zeremonie wird durch diesen Dämon verunreinigt!«

»Er ist ein Wesen dieses Waldes und als solches muss ich ihn schützen.«

Widerwillig entließen sie Lynabella aus dem Wasser. Kosh krümmte sich stöhnend auf dem Moos zusammen und wartete, bis seine Nymphe bei ihm war.

»Nur gut, dass du bald Hüterin der Quelle bist und diese nicht mehr verlassen kannst. Dann macht dir Kosh keinen Ärger mehr!«, hörte er die Schwestern rufen.

Als eine warme Hand seine Schulter berührte, stöhnte er erneut auf.

»Kosh?«

Es war seine Bella. Sein Herz machte einen Freudensprung.

»Geht's dir nicht gut?«, fragte sie laut und wirkte dabei so ehrlich besorgt, dass er fast lachen musste.

Rasch drehte er sich um und zog sie auf seinen nackten Körper. »Jetzt ist wieder alles gut.«

»Kosh!« Sie wehrte sich halbherzig und schlug ihre kleine Faust auf seine Schulter. »Du garstiger Dämon!«

Sein hartes Geschlecht presste sich an ihre Spalte. Süß und unschuldig sah Bella aus, doch in ihrem Inneren lauerte die Wollust.

»Lass unsere Schwester los! Entehre sie nicht!«, riefen die anderen. Sie waren ans Ufer getreten, trauten sich aber nicht, die Quelle zu verlassen. Mindestens eine Nymphe musste immer im Wasser bleiben, damit dessen Heilkraft nicht erlosch.

Bella schnaubte und rief ihren Schwestern zu: »Er hat mich reingelegt!«

Kosh drehte sich mit ihr herum, sodass sie nun unter ihm lag, wobei er darauf achtete, sie nicht zu erdrücken. Seine zierliche Nymphe. Ihre Arme hielt er über ihrem Kopf fest.

»Ich dachte, meine Schwestern hätten dich vertrieben.« Sie keuchte und wand sich unter ihm, bäumte ihm ihre Hüften entgegen. Das führte nur dazu, dass er noch schärfer auf sie wurde.

»Denkst du wirklich, das könnten sie? Mich von dir fernhalten? Pah!«, machte er in Richtung Quelle, dann fragte er Lynabella laut und deutlich: »Willst du wirklich den Platz dieser alten Sumpfkuh einnehmen?«

Lynabella atmete entsetzt auf. »Tynea mag ja bereits 7000 Jahre alt sein, aber sie ist immer noch wunderschön!«

»Nicht so schön wie du, Bella«, flüsterte er in ihr Ohr und brachte sie tatsächlich zum Erröten.

Sie lächelte süffisant. »Was willst du dagegen unternehmen, dass ich die neue Hüterin der Quelle werde?«

Grinsend leckte er über ihr Ohr und plötzlich schossen von allen Seiten Wurzeln aus dem Boden. Kosh wich zurück, denn die Pflanzen wanden sich um Bellas Hand- und Fußgelenke. Ihre Gliedmaßen wurden auseinandergezogen, ihre Beine gespreizt, bis sie verwundbar und schutzlos vor ihm lag.

»Oh nein, er nutzt seine Magie!« Die anderen Nymphen kreischten. »Wir müssen etwas tun! Wir müssen Tynea holen!«

Tynea lebte am Grund der Quelle, wo sie dafür sorgte, dass die Zuflüsse nicht verstopften. Außerdem schwamm sie durch unterirdische Höhlen zu anderen Quellen und Seen, um dort für Recht und Ordnung zu Sorgen. Was für eine langweilige Aufgabe, doch Kosh war erleichtert, dass die mächtige Obernymphe nicht in der Nähe war. Gegen sie hätte er keine Chance. »Wenn ihr eingreift, werde ich Lynabella ficken, noch bevor ihr hier seid!«

»Lasst Tynea aus dem Spiel!«, rief auch Bella und zerrte an den Fesseln. »Ihr darf nichts geschehen, solange keine neue Hüterin erwählt wurde! Kosh ist wirklich stark!«

Ob sie ihm wirklich zutraute gegen die mächtige Nymphe anzukommen? Es erfüllte ihn zumindest mit Freude, dass sie diese Worte aussprach. Grinsend ließ er einen Finger um ihre Brüste kreisen.

»Dann werden wir dir helfen!« Syriel und Maira erhoben sich. »Eine von uns wird dich befreien.«

Bellas Gesicht verlor sämtliche Farbe. »Nein!«

»Hör nur, wie erpicht sie darauf sind, dir den Job anzudrehen«, knurrte Kosh. Zu seiner Freude begannen sich Bellas Schwestern darüber zu streiten, wer ihr helfen sollte. Beide wollten zu ihm eilen und hielten sich gegenseitig davon ab. Gut, also konnte er endlich vollenden, wozu er hergekommen war. Lynabella musste unberührt sein, um die neue Hüterin der Quelle zu werden. Sie würde wohl vor Verlangen und Sehnsucht sterben, falls die

Zeremonie vollzogen würde. Spätestens jedoch, wenn die Wahrheit ans Licht käme, denn die hätte eine grausame Strafe mit sich gebracht. Bella sollte nicht seinetwegen leiden. Schließlich hatte er sie einst verführt.

»Kosh …«, wisperte sie, die Wangen gerötet, die Lippen leicht geöffnet. Das Glitzern um ihren Eingang war nicht zu übersehen. Sie war erregt, bloß weil sie gefesselt vor ihm lag.

Er fuhr mit der Hand über ihren Bauch nach unten und massierte den weichen Hügel, der sich ihm dort fast schon flehend entgegenreckte. Sein Finger glitt tiefer, über die zierlichen Schamlippen.

»Lass ab, Dämon!«, schrie Syriel doch er hörte sie kaum, so fasziniert war er in die Betrachtung von Bellas süßer Spalte versunken. Langsam schob er einen Finger in sie und ließ ihn in der feuchtheißen Enge kreisen, bis er benetzt genug war, um die herrliche Creme abzulecken.

Stöhnend schloss Bella die Augen.

Maira sprang tobend am Ufer umher. »Was tut er da? Kosh! Du wirst unsere Schwester nicht mit deiner Lüsternheit infizieren.«

Als ob das notwendig wäre, dachte er und tauchte seinen Finger erneut in ihre Spalte. Ihr verräterischer Schoß pochte erwartungsvoll, er konnte es direkt spüren.

Die Nymphen kreischten auf. »Du wirst sie entehren!«

Er beugte sich über Bella, rieb über sein Geschlecht und die Vorboten seiner Lust fielen in ihren Schoß, benetzten ihre gespreizte Weiblichkeit. Er war mehr als bereit.

Da sprang Syriel aus dem Wasser.

»Kosh!« Bella riss die Augen auf, doch er reagierte sofort. Rasch legte er sich auf sie und drängte seinen Schwanz in sie, bevor die andere bei ihnen war.

Auf halbem Weg blieb Syriel stehen, die Hände auf den Mund gepresst.

»Oh nein! Schwester! Du bist verloren!«, rief Maira von der Quelle aus.

Nicht für Kosh. Jetzt war sie gerettet.

Jammernd zog sich Syriel zurück, bis ihre Füße wieder Kontakt mit dem Wasser hatten, während Kosh es genoss, von Bella umschlossen zu sein.

Sie atmete schwer und starrte ihn an, den Mund geöffnet. Ihr Atem streifte seine Wange. Lynabella besaß eine erotische Anziehungskraft, der er kaum widerstehen konnte. Als er sich nicht bewegte, weil er sich beinahe ergoss, bäumte sie sich auf und drückte sich ihm nur noch mehr entgegen, sodass er tief in sie fuhr.

Ein animalisches Knurren entwich seiner Kehle, da er um Beherrschung rang. »Halte still«, zischte er, weil er dieses herrliche Gefühl noch länger genießen wollte, doch er stand kurz davor, seinen Samen in sie zu pumpen. Seine Eichel prickelte und pochte.

Frech grinste Bella ihn an. Sie war ein äußerst neugieriges Mädchen, was er für sich zu nutzen gewusst hatte. Er erinnerte sich, wie er ihr zum ersten Mal auf einer Lichtung im Wald begegnet war. Sie hatte Blumen gepflückt und nicht bemerkt, wie er sie beobachtete und sich an sie heranschlich …

Als er dicht hinter ihr stand, fragte er: »So weit weg von der Quelle, schönes Wesen?«

Die zierliche Nymphe wirbelte herum und ließ den Strauß fallen. Mit aufgerissenen Augen starrte sie in an. Ihre Iriden schimmerten wie dunkelblaue Tinte und in der Sommersonne glich ihr Haar gesponnenem Gold.

»Wer bist du?« Sie versuchte, ihr langes Haar vor ihre Brüste und ihr Geschlecht zu ziehen.

Schämte sie sich ihrer Nacktheit? Wie ungewöhnlich für diese Wesen. Oder … War sie noch so jung und unsicher? Hatte sie ihre Quelle zum ersten Mal verlassen? Das musste es sein, denn sonst würde sie ihn kennen.

»Mein Name ist Kosh und ich bin der Hüter des Waldes.« Er hatte seinen Lendenschurz längst abgestreift und sein Geschlecht ragte der Nymphe entgegen. »Fürchte dich nicht, meine Süße. Ich möchte dich nur anblicken.« Er konnte sich an ihr nicht sattsehen, an ihrer zerbrechlich wirkenden Gestalt, den zarten Brüsten und dem Flaum, der ihre Spalte kaum verhüllte. Im Gegensatz zur Nymphe war Kosh hoch gewachsen, muskulös und besaß zwei winzige Hörner, die aus seinem schwarzen Haar ragten. Kein Wunder, dass sie sich vor ihm fürchtete.

Er trat noch einen Schritt näher, sodass seine Penisspitze beinahe ihren Bauch berührte. »Wie ist dein Name?«

Ihre langen Wimpern zitterten, doch sie wich nicht vor ihm zurück, sondern sah ihn fest an. »Lynabella.«

Bella … Die Schöne.

Ihr Blick wanderte über sein Gesicht, als würde sie sich jedes Detail einprägen wollen, tiefer über seinen Hals, die Brust, den Bauch und … blieb an seinem Schwanz haften.

Kosh grinste zufrieden. Er schien ihr wohl zu gefallen, denn sie studierte sein männliches Organ genau, den kraftvollen Schaft, die Adern und den dicken Kopf, mit dem er schon viele weibliche Wesen beglückt hatte.

Beglücken wollte.

Die meisten rannten schreiend weg, wenn sie ihn nur in der Nähe spürten.

Abrupt schaute sie ihm wieder in die Augen. »Meine Schwestern haben mich vor dir gewarnt.«

»Warum?«

»Du bist ein Verführer.«

Geheimnisvoll lächelnd ging er vor ihr in die Hocke. »So, bin ich das?«

Bella überkreuzte ihre Schenkel, sodass er keinen Blick auf ihre unschuldige Spalte werfen konnte.

Seufzend erhob er sich. »Ich bin hier für den Spaß zuständig, die Lebensfreude und dass alle Wesen im Wald sich wohlfühlen.« Die Brauen erhoben, marschierte er um sie herum. Ui, was für ein knackiger Po! »Du scheinst dich nicht wohlzufühlen.«

»Ich gehe lieber zurück zur Quelle.« Sie wollte sich abwenden, doch Kosh umfasste ihr schlankes Handgelenk. Ihre Haut war weich wie das Blatt einer Orchidee und hell wie Alabaster.

Als Lynabella wie erstarrt stehen blieb, ließ er sie sofort los. »Bitte bleib.« Er deutete auf einen umgefallenen Baumstamm. »Setz dich, mein Mädchen. Lass uns ein wenig plaudern.«

»Ich bin nicht dein Mädchen«, erwiderte sie, setzte sich jedoch folgsam auf den Stamm. Abermals beäugte sie sein hartes Geschlecht, das sich nun auf ihrer Augenhöhe befand. »Warum trägst du diesen dicken Pfahl zwischen den Schenkeln und ich nicht?«

Sein Schwanz zuckte. Bella war wirklich die reine Unschuld. »Um anderen damit Freude zu spenden. Wie schon gesagt: dafür bin ich hier zuständig.«

»Wie kann er Freude bereiten?« Sie beugte sich nach vorne, um sein Geschlecht genauer zu betrachten. Dabei streifte ihr Atem seine Eichel.

Kosh stöhnte innerlich. »Ich könnte dich damit massieren. Es würde dir sicherlich gefallen.«

»Hm ... ja, er sieht robust aus.«

»Er ist empfindlicher, als du denkst.« Koshs Stimme war so belegt vor Erregung, dass er kaum sprechen konnte. »Du darfst ihn ruhig anfassen.«

Zögerlich tippte sie ihn mit der Fingerspitze an, woraufhin sein Schwanz heftig zuckte. Ihre federzarte Berührung schoss bis tief in seine Wurzel und ein dicker Tropfen perlte aus der Spitze.

Hastig zog sie die Hand zurück. »Ich habe dir wehgetan.«

»Nein«, krächzte er. »Mein Schwanz weint vor Freude, weil du so lieb zu ihm bist.« Wenn er nicht so verdammt erregt gewesen wäre, hätte er sich über ihre Unschuld amüsiert.

»Oh.« Sie klimperte mit den Wimpern. »Du trägst deinen Schwanz vorne?«

Kosh unterdrückte ein Lachen. Es war zu köstlich, mit dieser unschuldigen Nymphe zu spielen. »Gefällt er dir denn?«

Sie zuckte mit den Schultern. »Weiß ich noch nicht.«

Oh, er würde ihr gefallen ... Er durfte jetzt nur nichts falsch machen. »Ich möchte dich genauso ansehen dürfen, wie du mich. Ich möchte auch wissen, ob mir dein Schwanz gefällt.«

»Ich habe keinen«, sagte sie, die Arme vor der Brust verschränkt.

Kosh witterte seine Chance. »Ich wette doch!«

Vehement schüttelte sie den Kopf, sodass ihr goldenes Haar um ihren Nacken schwang. »Niemals!«

»Was, wenn ich recht habe?«

»Dann ...« Sie tippte sich ans Kinn und sah erneut auf seinen harten Schaft. »Dann darfst du mich damit massieren.«

»Einverstanden.« Sie reichten sich die Hände, und Kosh hätte sie daran am liebsten an seine Brust gezogen. Es kostete ihn große Mühe, Bella loszulassen.

Als sie ihre Schenkel spreizte, ging Kosh zwischen ihnen in die Hocke. Kaum zu glauben, dass sie sich ihm so unverfroren präsentierte, doch er hatte sie wohl neugierig gemacht.

Ihre Schamlippen teilten sich und entblößten ihr Inneres. *»Und? Habe ich einen Schwanz?«*

Er schluckte. Alles an ihr war zart und zierlich. Sein Magen zog sich zusammen. Er würde niemals für sie passen.

»Siehst du ihn?«, fragte Lynabella.

Er nickte und betrachtete den Hautknubbel, hinter dem das kleine Lustköpfchen verborgen lag. *»Er ist nur sehr klein, aber ich kann ihn aus seinem Versteck locken. Lass mich nur machen und du wirst sehen.«* Behutsam zog er ihre Schamlippen weiter auseinander und steckte den Kopf zwischen ihre Schenkel. Dort roch sie wie eine taufrische Blüte.

»Was soll das?« Bella schloss die Beine, wodurch sie Kosh erst recht an ihr Geschlecht drückte. Er ertrank beinahe in dem herrlichen Duft ihres Schoßes.

Sanft spreizte er ihre Schenkel, bis sie wieder offen vor ihm saß. *»Bleib einfach so sitzen.«* Zur Sicherheit behielt er seine Hände auf ihren Knien.

Jetzt, wo er von ihr gekostet hatte, brauchte er mehr. Ihr Geschmack lag auf seinen Lippen und er leckte sie ab; im nächsten Augenblick züngelte er schon durch ihre Spalte und reizte ihren Kitzler mit neckischen Zungenschlägen. Bella schmeckte wie Nektar.

»Oh!«, machte sie und zuckte.

Kosh hielt ihre Beine weiterhin auseinander, wobei er nach oben lugte. Sie starrte ihn an, den Blick verklärt, die Wangen rosig. Ihre Brustspitzen waren ganz hart.

»Es kann nicht schaden, wenn ich ein wenig an deinen Knospen sauge«, sagte er rau und sog einen dieser herrlichen Nippel in seinen Mund.

Lynabella machte nur wieder *»Oh«* und *»Ah«*, als er an ihrer anderen Brustwarze leckte. Dann küsste er ihren flachen Bauch und das duftende Haar auf ihrem Venushügel, bevor er seine Zunge in ihrer Spalte wild hin und her gleiten ließ.

»Kosh!« Als sich ihre Finger in sein Haar krallten und seine empfindsamen Hörner streiften, entwich ihm ein Stöhnen. Es wurde Zeit, weiter zu gehen. Er nahm einen Finger hinzu und drückte lediglich die Spitze in sie hinein.

Bella zuckte und versuchte, die Schenkel zu schließen. *»Das darfst du nicht! Meine Schwestern haben es mir verboten.«*

»Was haben sie dir verboten?«, fragte er und stupste den Finger an ihren Kitzler, um ihr weitere Ohs und Ahs zu entlocken.

»Mir dort was hineinstecken«, erwiderte sie atemlos.

»Na dann ist doch alles gut.« Kosh grinste breit. *»Denn ich werde dort etwas hineinstecken, nicht du.«*

»Da hast du recht«, sagte sie.

Als er zu ihr aufblickte, sah er nun sie frech grinsen. Steckte etwa eine durchtriebene Ader in ihr? Koshs Herz hüpfte vor Freude. »*Halte deine Beine weit offen für mich, damit ich dir höchste Lust bereiten kann.*«

Bella erwiderte: »*Ich soll nicht auf deine Worte hören.*« *Dennoch tat sie, was er befahl. Er atmete tief durch.* »*Haben das auch deine Schwestern gesagt?*«

»*Hm*«*, machte sie und* »*J-jaaa*«*, als er sie leicht in ihren Kitzler zwickte. Ihre Lust tropfte regelrecht aus ihr heraus. Was für ein Anblick!*

»*Du magst Macht über das Wasser haben, aber hier im Wald bin ich der Herr und du musst machen, was ich dir sage.*«

Abrupt schaute Lynabella in Richtung Quelle. »*Ich könnte eine Flutwelle herbeirufen, die dich von mir wegspült.*«

Kosh lächelte überheblich. »*Das wirst du nicht tun. Dazu hast du mich viel zu gern.*«

»*Dich?*«*, hauchte sie, während er fester über ihren Kitzler rieb.*

»*Oder das, was ich mit meinen Fingern mache.*«

»*Im Moment nicht*«*, presste sie hervor.*

»*Oh, da sagt mir dein Körper aber etwas anderes. Du läufst aus, und wie!*« *Erneut tauchte er einen Finger in sie. Diesmal nicht bloß die Spitze, sondern er steckte ihn ganz hinein. Ihr Saft drängte heraus und ihr süßes Früchtchen hielt ihn fest.*

»*Oh, ich …*« *Bella seufzte, als er mit dem Daumen ihren Kitzler stimulierte.* »*Wo ist denn nun mein Schwanz. Hm?*«

»*Hier.*« *Er rubbelte fester über den Knubbel, der rot und geschwollen zwischen den zierlichen Schamlippen hervorragte, während er sie fingerte.* »*Gibt mir deine Hand und fühle ihn.*«

Lynabella fasste sich zwischen die Beine und Kosh zeigte ihr, wo sie sich berühren musste.

»*Du hattest recht! Aber er ist winzig gegen deinen.*«

»*Am besten, du streichelst dich dort.*« *Er besaß kaum noch eine Stimme, weil er so erregt war. Sein Schwanz verlor literweise Lusttropfen. So lange hatte er sich noch nie zurückgehalten, doch mit diesem Wesen wollte er es sich nicht verscherzen. Dazu war es zu süß.*

Tatsächlich folgte sie ihm und streichelte sich zwischen den Beinen, die Schenkel brav gespreizt. Was für ein Anblick! Sie ging auch nicht zimperlich mit sich um und rieb ordentlich über ihre Spalte. Hm, so unschuldig wie sie zu Beginn getan hatte, kam sie ihm aber jetzt nicht mehr vor!

Kosh hatte nun beide Hände frei, konnte mit der einen ihre Brüste streicheln, während der Finger der anderen noch in ihr steckte. Mutig nahm er einen zweiten dazu und dehnte ihre zierliche Öffnung. Zwischendurch schleckte er ihren Saft ab und leckte durch ihre Spalte.

Bella atmete schwer, die Lider geschlossen.

»*Gib zu, dass es dir gefällt, kleine Nymphe.*«

»*Es ist herrlich*«*, wisperte sie.*

»Ich kann machen, dass es noch schöner für dich ist.« Würde sie einen Schritt weitergehen?

Nach kurzem Zögern nickte sie.

Kosh konnte sein Glück kaum fassen. »Leg dich am besten auf die Wiese und entspanne dich. Nun möchte ich dich mit meinem Schwanz verwöhnen.«

»Aber ...« Sie riss die Augen auf.

Kosh ertrank in dem Blau ihrer Iriden. Beinahe hätte er einen Rückzieher gemacht. »Wir hatten eine Abmachung!«

»Das ist es nicht. Ich glaube nur, er wird nicht passen.«

Sie wollte es? Das wurde ja immer besser! »Ich werde dich auf ihn vorbereiten.«

Nachdem sich Lynabella artig ins weiche Gras gelegt hatte, drückte er ihre Schenkel auseinander und legte sich auf ihren Körper. Sein Schwanz schmiegte sich in ihre Spalte.

Für einen Moment vergaß Kosh fast, was er wollte, denn er musste Bella ansehen. Die Sonne brachte ihr Haar zum Glänzen. Es glitzerte und blendete ihn beinahe. Sie – Bella – blendete ihn. Es lag nicht nur an ihrer Schönheit; ihre ganze Art gefiel ihm.

Plötzlich wollte er sie küssen. Sanft legte er die Lippen auf ihren Mund. Kosh hatte keine Erfahrung mit dem Küssen. Niemals zuvor hatte er das für nötig erachtet, aber jetzt sehnte er sich danach.

Ihre Lippen streiften sich, ihre Zungen stupsten sich an. In dieser Hinsicht war er genauso unerfahren wie Lynabella. Das machte den Augenblick besonders.

Da drang er in sie ein. Nur ein winziges Stück.

Abwechselnd steckte er seine dicke Eichel in sie, dehnte ihr Früchtchen und leckte es dann wieder, damit Bella sich entspannen konnte. Noch nie hatte sich Kosh so viel Zeit gelassen und sich dermaßen gezügelt. Er nutzte die Pausen, in denen er nicht in ihr steckte, um seine Beherrschung zurückzuerlangen und Bella zu küssen. Er konnte ihrer Enge kaum widerstehen, wollte sich rasch in sie stoßen und Erlösung finden – aber dann hätte er seine kleine Nymphe wohl zum letzten Mal gesehen.

Erneut rieb er seine Eichel durch ihre Spalte, um sie anschließend sanft in sie zu drücken. Das Gewebe um ihren Eingang war gespannt; sein Schaft drängte ihre Schamlippen auseinander und presste den Saft auf ihr heraus. Immer schneller ließ Kosh seinen Daumen auf ihrem Kitzler kreisen.

Bella wimmerte und atmete schwer, die Augen geschlossen. Ihre Brustspitzen waren so hart, dass Kosh sie in den Mund saugte. Dabei drang er tiefer in sie vor.

»Hast du mich verzaubert, Dämon?« Ihre Finger krallten sich erneut in sein Haar.

»Du hast mich verzaubert, Bella.« Kosh leckte über ihren Hals, küsste ihre Wange, ihren Mund.

Bella umarmte ihn, schlang die Beine um seinen Rücken und bewegte die Hüften.

»Erst hat es ein wenig wehgetan, aber jetzt gefällt mir deine Massage.«

Ihre direkten Worte waren zu viel für ihn. Er spürte, wie Samen den Schaft aufstieg. Er würde sich noch verströmen, bevor sie den Höhepunkt erreicht hatte. Das wollte er nicht; nicht diesmal! Doch es gelang ihm kaum noch, sich zurückzuhalten. Ihre inneren

Muskeln umschlossen ihn härter als seine Fäuste, drückten und quetschten ihn.

Als sie »Kosh ... mehr!« rief, hatte er den Kampf verloren. Mit einem Schrei, der die Blätter der Bäume erzittern ließ, ergoss er sich in sie. Sein Samen schoss hervor und füllte Bella aus, während er weiterhin in sie stieß. Er durfte jetzt nicht aufhören, musste sie auch zum Höhepunkt bringen. Und er schaffte es, denn sie kam kurz nach ihm, fast geräuschlos, lediglich ein langer Seufzer war zu hören. Ihre Lider zitterten und ein zartes Rosa überzog ihre milchige Haut. Bella blieb anmutig, selbst am Gipfel der Lust, während er wohl einem wilden Tier glich.

Seitdem war er ihr verfallen, ihrer unschuldigen und doch neugierigen Art und ... weil sie als eine der wenigen Wesen keine Angst vor seinem Schwanz hatte und ihn aufnehmen konnte.

Sie hatten sich zu Spaziergängen getroffen, herumgealbert, Erdwichte geärgert, Sonnenuntergänge angesehen ...

»Sieh dir seinen dicken Pfahl an, wie er Lynabella damit aufspießt!«, kreischte eine der Schwestern, während die andere entsetzt rief: »Sie stöhnt vor Schmerzen.«

»Nein, sieh nur, wie sie die Augen verdreht. Sie empfindet höchste Lust!«

»Das kann ich nicht glauben, Syriel.«

»Wenn ich es dir sage, Maira!«

Während die beiden sich stritten, sagte Kosh zu Bella: »Hör auf, dich zu wehren, das macht mich geil.«

»Ich wehre mich nicht – ich reibe mich an dir.«

Oh, dieses wollüstige Wesen! »Bella, bitte. Sie werden noch bemerken, dass wir sie hereingelegt haben.«

»Es war nicht abgemacht, dass du mich fesselst.«

»Aber es gefällt dir.« Er befahl den Wurzeln, Bellas Beine noch ein wenig weiter auseinanderzuziehen. Seine Nymphe quittierte das mit einem tiefen Stöhnen. Mittlerweile hielt sie sich nicht mehr zurück, so wie früher, sondern ließ ihrer Lust freien Lauf. Kosh presste die Lippen auf ihren Mund, um die Laute darin einzuschließen. Immer schneller und härter trieb er sich in sie, als würde er sie entjungfern. Schließlich sollte es echt aussehen. »Das alles war deine Idee, Süße, also musst du die Konsequenzen tragen«, sagte er keuchend. Bella war fast so listig wie er. Als er das herausgefunden hatte, hatte es ihn beinahe umgehauen. Daher begehrte er sie wohl so sehr, weil sie ihm in gewisser Weise ähnelte.

Er zwirbelte ihre zarten Brustspitzen, während er tief in sie eindrang. Bald spürte er, wie sich ihr Inneres um seinen Schwanz zusammenzog. Als sie kam und er mit ihr, keuchte und stöhnte sie in seinen Mund, während ihre Schwestern sehnsüchtig zu ihnen starrten und sich gegenseitig streichelten.

Jetzt würde eine von ihnen Lynabellas Platz einnehmen müssen und durfte nie wieder die Quelle verlassen.

Kosh verströmte sich nur zu einem Teil in ihr, bis er bemerkte, dass Bella sich entspannte, und zog sich zurück, um den restlichen Samen auf ihrem Bauch zu verteilen. Er wollte sie markieren, den anderen zeigen, dass sie ihm gehörte.

Schwer atmend legte er sich auf sie, befahl den Wurzeln, sich zurückzuziehen, und drehte sich mit Bella herum. Dabei störte es ihn nicht, dass sie am Bauch zusammenklebten.

»So, jetzt gibt es kein Zurück. Ich habe dich hochoffiziell entehrt«, sagte er und grinste.

Zärtlich streichelte sie sein Haar aus der Stirn. »Warum wolltest du nicht, dass ich Priesterin werde? Du könntest dir eine andere suchen. Jedes weibliche Wesen im Wald findet dich attraktiv.« Bella warf einen Blick auf ihre Schwestern, die abgelenkt von ihrem eigenen Liebesspiel nicht mehr verfolgten, was sie hier trieben. Anscheinend war es erlaubt, sich gegenseitig zu streicheln.

Kosh räusperte sich. »Die anderen will ich nicht.«

»Warum?«

»Weil …« Er verzog das Gesicht, als würde er Schmerzen leiden, und brachte kein Wort hervor. Verdammt, er hatte tatsächlich sein Herz an diese zauberhafte Nymphe verloren. Das wurde ihm nun richtig bewusst. Ja, das klang albern und passte nicht zu einem Dämon, der alle Wesen liebte, mit denen er sich vergnügen konnte – doch es war einfach so. Er konnte nichts dagegen unternehmen.

Lynabella lachte. »Keine Angst. Ich verrate dein Geheimnis niemandem, großer, böser Dämon.«

Plötzlich wurde Bella von ihm heruntergezogen. Es war Syriel! Wie eine Furie schaute sie auf ihn herab. »Kosh, du wollüstiges Wesen! Du hast ihre göttliche Reinheit befleckt. Jetzt muss eine von uns ihren Posten übernehmen!«

Er schmunzelte lediglich, während Bella theatralisch schniefte. »Es tut mir so leid, Schwester! Ich hatte keine Chance gegen seinen Charme.«

Als Syriel sie ins Wasser zerrte und gemeinsam mit Maira begann, Bella zwischen den Beinen zu waschen, sah er, wie sie sich kurz zu ihm umschaute und ihn angrinste.

Sofort klopfte sein Herz wieder schneller. Er freute sich bereits auf ihr nächstes Mal.

Der frivole Pirat

Liebe Leserinnen und Leser. Dies ist eine witzige Erzählung über meinen Piraten Drake Ravenscroft und spielt einige Jahre vor dem Roman »Der Freibeuter und die Piratenlady«, als Drake noch Josias Wylde hieß alias »Das Phantom«. Die folgende Story ist mit einem Augenzwinkern geschrieben und dient eher der Erheiterung ;-)

Karibik, 1676

Josias Wylde, gefürchteter Pirat und gerissener Schmuggler, liebte die See, den Alkohol und die Frauen – und Letztere erwiderten seine Gefühle ausgiebig. In jedem Hafen, den Josias mit seiner Mannschaft ansteuerte, wartete bereits ein Mädchen sehnsüchtig darauf, mit allen Sinnen von ihm verwöhnt zu werden.

Er war schon an Bord eines Schiffes zur Welt gekommen und hatte beinahe mehr Jahre auf See verbracht als an Land. In der rauen See wollte er auch eines Tages beerdigt werden. Doch das hatte noch Zeit, schließlich war er erst dreiundzwanzig Jahre alt.

Wie immer hatte sich Josias von der Mannschaft abgesondert – Einzelgänger, der er war –, um ins *Nugget King*, eine zwielichtige Spelunke an der Küste von Tortuga, zu gehen. Mit Gretchen, der hübschen Schwester des Wirts, wollte er heute eine ausgelassene Nacht verbringen, doch zuvor musste er dringend seinen Magen füllen.

»Hey Dan!«, rief er dem rundlichen Schankwart zu. »Einmal das Tagesgericht!«

»Ich wünsche dir auch einen schönen Abend, Wylde«, brummte Daniel Störtebeker und wischte sich die Hände an einem Tuch ab.

Josias ließ sich in einer düsteren Ecke nieder, um von dort aus ungestört das Treiben in der Hafenkneipe beobachten zu können. Außerdem besaß er hier einen Blick auf die Tür und den Tresen. Dort stand Gretchen, ein paar Gläser abtrocknend, und zwinkerte ihm zu. Die dralle Dirne mit den Riesenmöpsen und dem dicken Zopf war heute noch fällig, das zumindest sagten seine Lenden. Nach sechs Wochen auf See hatten sie einen ziemlichen Notstand.

Daniel watschelte zu ihm herüber und stellte ihm einen Krug und einen dampfenden Teller auf den speckigen Tisch. »Einmal das Tagesmenu, Wylde.«

Josias betrachtete skeptisch das dunkle, zusammengepresste Fleisch, das sich, gespickt mit Grünzeug und Käse, zwischen einem Brötchen befand.

Als er es in die Finger nahm, um herzhaft abzubeißen, hatte er alle Mühe, dass es nicht auseinanderfiel. »Was ... ist ... das?«, fragte er mampfend, wobei er zugeben musste, dass das Ding gar nicht mal so übel schmeckte.

Daniel Störtebeker stemmte die fettigen Hände in die nicht vorhandenen Hüften und zog die Brauen nach oben. »Eine Spezialität aus meiner Heimat Hamburg. Passt damit irgendwas nicht?«

»Beruhige dich, Dan. Es schmeckt köstlich!« Josias, dem Sauce über den dunklen Bart lief, kaute genüsslich vor sich hin. Anschließend hob er den Krug, schnüffelte argwöhnisch an dem bräunlichen Getränk und nahm einen vorsichtigen Schluck. Sofort verzog er den Mund und stellte das Gefäß scheppernd auf den Tisch zurück.

»Teufel noch mal, Dan! Bei deinem Gesöff pappts mir ja das Maul zusammen!«

»Das habe ich aus Coca-Blättern gebraut. Belebt Geist und Körper, Wylde. Genau das Richtige für einen Haudegen, wie du einer bist!« Der Wirt klopfte ihm kräftig auf die Schulter und wandte sich wieder den anderen Gästen zu.

Nachdem sich Josias den letzten Bissen des Was-Auch-Immers hineingeschoben und die Finger abgeleckt hatte, lehnte er sich entspannt zurück, um dem Geschwätz der Leute zu lauschen. Oft erfuhr er interessante Sachen. Dabei vergaß er natürlich nicht, Gretchen hin und wieder einen lasziven Blick zu schenken. Er wusste, dass allein sein gutes Aussehen Frauenherzen zum Schmelzen brachte – und nein, er war kein bisschen eingebildet deswegen!

Die Tür öffnete sich quietschend und ein Bengel in einem zerschlissenen Leinenhemd und einer Wollmütze schlenderte herein. Sein Blick schweifte durch den düsteren Raum und blieb direkt an Josias kleben. *Sicher wieder so ein armer Schlucker, der auf der ‚Revenge' anheuern will*, dachte er sich.

Beim Näherkommen fiel ihm jedoch der federnde Gang des Burschen auf. Josias musterte den Kleinen von oben bis unten: der Hüftschwung, die feinen Gesichtszüge, die schmalen Schultern ...

Der junge Kerl stand jetzt direkt vor ihm und hielt ihm einen Zettel unter die Nase. Seine Fingernägel waren viel zu sauber. Ein Mädchen, natürlich! Die Verkleidung war nicht schlecht, doch Josias erkannte eine Frau schon von Weitem. In den letzten Jahren war er ein Kenner des weiblichen Geschlechts geworden. Ihr Geruch, ihr Körperbau und ihre Art zu sprechen waren für ihn wie ein offenes Buch. Außerdem fand er diesen Hintern einfach zu vorzüglich für einen Typen.

»Was willst du, Junge?« Er ließ die Kleine in dem Glauben, sie nicht zu durchschauen. Sie würde sicher einmal ein ganz reizendes Weibsbild abgeben, das wusste er jetzt schon.

Die junge Frau ließ sich in dem Stuhl gegenüber nieder und schob ihm den Zettel hin. Er zeigte eine sehr einfache Zeichnung von einem Totenschädel, der von einem Entermesser gespalten wurde. »Ich muss mit dem Phantom sprechen.«

»Wie schön für dich.« Josias starrte gelangweilt an dem Pseudoknaben vorbei, doch der ließ nicht locker.

»Es heißt, Ihr wüsstet, wo es sich aufhält.«

Er lehnte sich über den Tisch, bis er fast ihre sommersprossige Nasenspitze berührte, und flüsterte: »Ich möchte gerne meinen Landgang genießen.« Nach einer kurzen Pause fügte er hinzu: »Wer behauptet, ich hätte Kontakte zum Phantom?« Diese Göre hatte seine Neugier geweckt.

»Captain Jack Sperling.«

»Jack?« Josias lachte laut auf und lehnte sich wieder zurück. Als sich ein paar neugierige Gesichter zu ihnen umdrehten, wurde er sofort wieder ernst.

»Dann kennt Ihr ihn?« Hoffnung leuchtete in den grünen Tiefen ihrer Augen auf.

»Ja, ich kenne ihn.« Er verschränkte die Arme vor der Brust und streckte die Beine unter dem Tisch aus. »Er ist ein Depp.« Wieder warf er einen Blick auf Gretchen. »Und jetzt verzieh dich.«

Aber das Mädchen ließ nicht locker. »Die Blonde gefällt Euch, was? Doch wenn Daniel Wind bekommt, dass Ihr sie flachlegt, dann reißt er Euch die Eier ab.«

Es überraschte ihn, dass sich diese junge Frau ausdrückte wie ein waschechter Kerl. »Was weißt du schon von Eiern, Milchgesicht?«

»Die einen mögen sie hart, manche weich und andere gekrault.« Um ihre entzückende Nase zeigte sich eine leichte Röte. »Mein Name ist Dee.« Sie streckte ihm die Hand hin, als hätte sie dieser seichte Männerwitz zu Kameraden gemacht, doch Josias ergriff sie nicht. Stattdessen lehnte er sich noch weiter zurück, sodass der Stuhl beinahe umkippte. Er wünschte, sie würde ihn endlich in Ruhe lassen, damit er sich schon einmal psychisch auf die bevorstehenden Freuden einstellen konnte.

»Ich bin schon lange kein Kind mehr«, fuhr sie fort. »Ich segle seit Jahren mit meinem Vater und der ist mehr Pirat als Ihr!«

»Wenn du meinst ...« Er seufzte genervt. »Leider kann ich nichts für dich tun. Und jetzt entschuldige mich.«

Josias stand auf und lief ohne einen weiteren Blick auf Dee zu verschwenden an ihr vorbei. Seine ganze Aufmerksamkeit galt Gretchens riesigen Eutern, die halb aus dem Mieder quollen. Wenn er genau hinsah, konnte er sogar den oberen Rand der Brustwarzen erkennen, was ihm das Wasser im Mund zusammenlaufen ließ. Als Säugling hatte er sicher stundenlang an der Brust seiner Mutter gehangen, oder wie ließ sich diese Reaktion sonst erklären?

»Wünschen Sie ein Zimmer, Sir?«, fragte sie unschuldig, während sie ihn mit ihren himmelblauen Glupschern förmlich auszog.

Josias Augen suchten nach Dan, doch der trollte sich gerade in die Küche. Weit über den Tresen gebeugt hauchte er Gretchen zu: »Ich hätte gerne eines mit einem sehr großen, robusten Bett.«

Aus einer Schublade zog sie kichernd einen Schlüssel und drückte ihn Josias in die Hand. Unauffällig schob er ihr dabei drei Goldstücke unter. »Wäre es möglich, ein Bad zu bekommen?«

»Aye, ich schicke Peter mit heißem Wasser rauf.« Nach einer kurzen Pause setzte sie flüsternd hinzu: »Ich komme in einer Stunde nach.« Schon widmete sie sich wieder ihrer Arbeit, da Daniel zurückkehrte.

Eine Stunde kann eine sehr lange Zeit für einen Mann sein, der gerade mehrere Wochen auf See verbracht hat! Während er überlegte, kratzte er sich am Bart, der dringend einen Schnitt nötig hatte. *Ob ich dieser Dee anbieten soll, ihr gegen gewisse Gefälligkeiten Informationen über das Phantom zu geben?*

Ein Blick über die Schulter zeigte ihm, dass sie immer noch an ihrem Platz war. Sie besaß einen wirklich hübschen Mund und sicherlich geschickte Hände, die ihn von dem größten Druck befreien könnten. Außerdem war er neugierig, was das Mädchen vom Phantom, dem berüchtigsten und gefährlichsten Piraten der Sieben Weltmeere, wollte.

»Hey, Dan«, rief er dem Wirt zu, »Sandwiches für mich und meinen jungen Freund dort drüben!« Als er in die Richtung des verkleideten Mädchens nickte, sah sie misstrauisch zu ihm auf. Keine Sekunde ließ sie ihn aus den Augen, während er an den Tisch schlenderte und sich in den Stuhl plumpsen ließ.

»Sandwiches sind in England gerade der letzte Schrei«, rechtfertigte er sich, weil er ihren Blick als Ablehnung gegenüber Fingerfood deutete. Manche Frauen waren ja bekanntlich recht zimperlich, was die Etikette anging.

»Das ist es nicht.« Trotzig starrte sie ihn an. »Ich frage mich nur, was Ihren plötzlichen Sinneswandel bewirkt hat.«

Josias zwinkerte ihr zu und grinste verwegen. »Also, wenn du mich fragst, ich hätte meine Eier jetzt gerne gekrault.«

Sofort nahm ihr Gesicht die Färbung einer reifen Tomate an. »Ihr Männer seid so von euch überzeugt!«

Sie schenkte ihm einen Blick, unter dem andere tot umgefallen wären, und erhob sich schnaubend. Mit vor sich hingemurmelten Flüchen von der allerübelsten Sorte stapfte sie aus der Spelunke.

Bei Neptun, die Frau hat Feuer im Blut!, ging es Josias amüsiert durch den Kopf, als sie die Tür so fest hinter sich zuzog, dass sie beinahe aus den Angeln fiel.

Schade, jetzt würde er seine Antwort nicht mehr bekommen, aber dieses Fräulein würde einmal einen Mann im Bett sehr glücklich machen, so viel war sicher! Also verschlang Josias die belegten Brote selbst und verzog sich dann in das Zimmer über der Taverne, wo schon ein dampfendes Bad für ihn bereitstand.

Nachdem er sich ausgiebig gewaschen und den Bart gestutzt hatte, ließ er sich nackt aufs Bett fallen. Die Hände hinter dem Kopf verschränkt, erwartete er Gretchens Ankunft. Kurze Zeit später ging auch schon die Tür auf.

»Ich konnte mich schon früher losreißen!« Sie strahlte über das ganze Gesicht, während sie hinter sich abschloss. Sofort landete ihr Kleid auf dem Boden. Nur noch in ihrem engen Mieder stand sie vor ihm und starrte gierig zwischen seine Beine, wo sich in freudiger Erwartung bereits sein kleiner Pirat aufgerichtet hatte.

Schade, dachte Josias, *dieser Frau treibt nicht einmal der Anblick eines nackten Männerkörpers die Schamesröte ins Gesicht.* Schmunzelnd erinnerte er sich an das verkleidete Mädchen, bis Gretchen alle anderen Gedanken aus seinem Kopf vertrieb. *Dafür weiß sie aber umso besser, wo sie hinlangen muss!*

Ohne Umschweife nahm sie seinen Schwanz in die Hand, kniete sich zwischen seine gespreizten Beine und blickte mit einem koketten Augenaufschlag zu ihm hoch. Nacheinander hob sie je eine Brust aus dem Mieder, bis die prallen Möpse über seinen Lenden baumelten. Lasziv fuhr sich die Dirne mit der Zungenspitze über die Lippen und tippte seinen Penis damit an.

Josias stöhnte auf. Sein Schwanz stand jetzt schon kurz vor dem Ausbruch. Angestrengt starrte er auf die verrußte Öllampe, die an der Zimmerdecke hing, und dachte intensiv an ... *Einauges verfaulte Zähne und seinen widerlichen Mundgeruch.* Er wollte sich nicht die Blöße geben und jetzt schon kommen. Schließlich bezeichneten ihn die Frauen zu Recht als »Die Karibische Anakonda« – hatte er zumindest gehört.

Bei Neptun! Für diese Selbstbeherrschung hätte ich eine Medaille verdient! Josias war froh, dass das Pochen in seinen Lenden ein wenig nachgelassen hatte.

Gretchen nahm währenddessen ihre Brüste in je eine Hand und klemmte seinen Penis dazwischen ein. *Heiliger Kanonenschlag! Fühlt sich das herrlich an!* Das gefiel ihm an der Schwester des Wirts. Sie kam immer gleich zum Punkt. *Und ich komme auch gleich!*

Mit dem Mund formte sie einen festen Ring, den sie über seine Härte stülpte, und hingebungsvoll zu nuckeln anfing.

»Nicht so hastig, Süße!« Wenn sie so weitermachte, saugte sie ihm noch das Hirn raus!

»Was hattest du mit Blackbeard Bones' Tochter zu bereden?«, feixte Gretchen, während sie seinen Schwanz entließ und mit einer Hand genüsslich die

Hoden streichelte.

Verflixt, das hätte übel für mich ausgehen können, wenn ich mich mit dem Mädchen eingelassen hätte!, schoss es Josias durch den Kopf. Ihr Vater war der Bruder seines Captains und ein beinahe ebenso gefürchteter Pirat. In der Angelegenheit hatte die Göre ausnahmsweise recht gehabt. Bestimmt hatte sie deshalb vermutet, dass er das Phantom kennen würde. Captain Jack Sperling war nur ein Vorwand gewesen. *Ich muss in Zukunft vorsichtiger sein ...*

Die Erinnerungen an Dee hatten seinen Erregungspegel ein Stück zurückgeschraubt und er fühlte sich der Aufgabe gewachsen, in Gretchens feuchte Tiefen einzutauchen.

Er drückte sie zurück auf die Matratze, spreizte ihre feisten Schenkel mit einem Knie und versenkte seinen Schwanz in ihrer feuchtheißen Spalte. Ja, hier war er zu Hause!

Die Pobacken fest zusammengepresst, hämmerte er so wild in Gretchen hinein, dass sie beinahe vom Bett rutschte. Dabei vergaß er jedoch nicht, an der geschwollenen Perle zu reiben, die neckisch zwischen den Schamlippen hervorblickte.

Die Dirne unterdrückte ein Stöhnen und biss sich auf die Unterlippe. Auch Josias versuchte, seine animalischen Lustschreie zu minimieren, damit Daniel nicht auf sie aufmerksam wurde. Zum Glück schien jedoch in der Kneipe eine Schlägerei in Gang zu sein – dem Lärm nach zu urteilen –, weshalb Josias seiner Leidenschaft freien Lauf ließ. Sein Herz schlug wild und sein Schwanz hatte seinen Spaß.

Gretchens Busen wogte bei jedem Stoß auf und ab, sodass Josias sie schließlich ergriff und sein Gesicht zwischen den weichen Hügeln vergrub. *Aye, was gibt es Besseres als ein kurviges Weibsbild, das sich so willig präsentiert?!*

– Vielleicht ein kurviges, williges Weibsbild, das nicht ausschließlich deinen Schwanz begehrt?, sprach sein Gewissen.

Ach, Liebe ist doch nur was für Schnallenschuh-Träger! Nachdem er zu dieser Erkenntnis gelangt war, nahm er einen von Gretchens riesigen Nippeln zwischen die Lippen, um daran zu saugen, als würde sein Leben davon abhängen. Plötzlich bäumte sie sich unter ihm auf und ihr Innerstes zog sich um seine Erektion, massierte sie – ja, melkte sie beinahe! – worauf er selbst von einem gewaltigen Orgasmus erfasst wurde.

Gerade noch rechtzeitig glitt er aus ihr heraus und spritzte seinen Samen in die Laken. Schließlich sollten nicht in jedem Hafen kleine Wyldes herumlaufen. Ein Kind wollte er nur mit der Frau zeugen, die er mit Leib und Seele begehrte, und mit der er seine restlichen Tage verbringen wollte, doch das hatte noch sehr viel Zeit.

Erschöpft drehte er sich auf den Rücken. Er wollte nur noch die Augen schließen und in einen traumlosen Schlaf fallen, doch lautes Gebrüll im

Gang ließ ihn auffahren. »GRETCHEN! WYLDE!«

»Das ist Daniel!«, stieß sie hervor und begann sich sofort ihr Kleid überzuziehen.

»Was hast du deinem Bruder erzählt?« Auch Josias war aufgesprungen, um seine Sachen zusammenzusuchen.

»Ich habe ihm gesagt, dass ich mich nicht wohlfühle und deshalb schon ins Bett gehe.«

»Wir sehen uns, Gretchen!«, sagte er augenzwinkernd, warf seine Kleider und Waffen aus dem Fenster, und sprang hinterher. Als er auf dem staubigen Boden aufkam, hörte er, wie über ihm die Läden geschlossen wurden.

In der Stille verharrend, eine Hand über seinen Kronjuwelen, spähte er in die Dunkelheit. *Verdammt, meine Sachen liegen über den halben Hof verstreut! Was für ein peinlicher Auftritt.* Nur gut, dass sonst keine Menschenseele hier war.

»Das hat länger gedauert, als ich dachte!«

Erschrocken wirbelte er herum, während er zeitgleich die Muskete ziehen wollte, doch da er nackt war, ging der Griff ins Leere.

Dee stand an die Hauswand gelehnt und lachte ihn aus. »Für einen Moment hatte ich dich für das Phantom gehalten! Doch so ein armseliger Abgang ist nur was für Deckschrubber!«

Unverhohlen starrte sie auf seinen nackten Körper. Sogar im Mondlicht erkannte Josias, wie sich ihre Wangen dunkel färbten, als sie sagte: »Ich habe auf dich gewartet! Doch da ich jetzt weiß, dass du unmöglich das Phantom sein kannst, muss ich wohl woanders suchen.«

In Josias brodelte es. »*Du* hast Daniel gesagt, was seine Schwester gerade treibt?!«

Überheblich lächelnd hob sie die Brauen. »Und? Hast du deinen Samen verschossen oder muss ich immer noch befürchten von dir vernascht zu werden?«

Was war sie nur für ein vorlautes Ding! Josias knurrte. »Wenn ich meine Hosen anhätte, würde ich dich jetzt übers Knie legen!«

»Keine leeren Versprechungen, Deckschrubber!« Sie grinste und streckte ihm frech die Zunge raus, während sie einen Schritt vor ihm zurückwich.

Plötzlich zog eine dicke Wolke vor den Mond und tauchte den Hinterhof in Finsternis. Im schwachen Lichtschein, der durch ein schmutziges Fenster drang, sah er, wie Dee einen kurzen Blick zum Himmel warf und dann davonlief und mit der Nacht verschmolz. Jetzt würde er wohl nicht mehr erfahren, was sie vom Phantom wollte.

Eines Tages werde ich mir dieses Früchtchen schnappen und sie in die Künste der Liebe einweihen!, dachte sich Josias, während er seine Kleidung zusammensuchte. Dabei ging ein Ziehen durch seine Lenden. Oh ja, sein kleiner Pirat und er freuten sich schon darauf, dieser Kröte die Flausen auszutreiben!

Wer lesen möchte, wie Josias und Dess zusammenkamen, der darf sich
Der Freibeuter und die Piratenlady
von Inka Loreen Minden
zu Gemüte führen.

Es reicht nicht aus, sich eine neue Identität zuzulegen, um seine dunkle Vergangenheit zu vergessen. Das hat Kapitän Drake Ravenscroft schon lange bemerkt. Auch ein zügelloses Leben kann da keine Abhilfe schaffen.
Bis er Destiny begegnet. Sie ist die Tochter des Piraten Blackbeard Bones, mit dem Drake noch eine Rechnung offen hat. Um sich an Bones zu rächen, entführt Drake Destiny, doch die junge Frau weckt längst verschollen geglaubte Gefühle in ihm ...

Der Roman erzählt eine feurige Liebesgeschichte, gepaart mit prickelnder Erotik und Abenteuern auf hoher See.

Das Buch ist ein gutes Beispiel dafür, dass ein Erotikroman historische, actionreiche Elemente mit Erotik verbinden kann und dabei auch ein wenig geschmunzelt werden darf.
Quelle: Kleeblatts Bücherblog 2013

Über die Autorin:

Inka Loreen Minden, die auch unter dem Pseudonym Lucy Palmer, Mona Hanke (Erotik) und Loreen Ravenscroft (Romantasy) schreibt, ist eine bekannte deutsche Autorin (homo-) erotischer Literatur. Von ihr sind bereits 26 Bücher, 6 Hörbücher und zahlreiche E-Books erschienen.

Neben einer spannenden Rahmenhandlung legt sie viel Wert auf eine niveauvolle Sprache und lebendige Figuren. Explizite Erotik, gepaart mit Liebe, Leidenschaft und Romantik, ist in all ihren Storys zu finden, die an den unterschiedlichsten Schauplätzen spielen.

Ausnahme: Caprice und Doktorluder sind Lust pur ;-)

Regelmäßig sind ihre Bücher unter den Online-Jahresbestsellern zu finden; im April 2013 erscheint ihr erstes Jugendbuch bei Bastei Lübbe sowie die erste englische Übersetzung im Sieben Verlag (Hearts of Stone).

Mehr über die Autorin auf ihrer Homepage:

www.inka-loreen-minden.de

www.monica-davis.de

Erschienen im Rowohlt Verlag:

Fucking Munich – heiße Geschichten aus der Weltstadt mit Herz

Die heimliche Hauptstadt der Sünde. Heiß, phantasievoll, verwegen – München steckt voller Überraschungen. Da wird die junge Sonja im Englischen Garten von einem Ordnungshüter beim Nacktbaden erwischt und erwartet nun eine köstliche Strafe. In den Isar-Auen finden verbotene Treffen statt, am Flughafen gibt es strenge Leibesvisitationen und auf dem Oktoberfest kommen manche unter süßen Qualen in der Geisterbahn so richtig in Fahrt …